建党伟业系列

永远的红飘带

JIANDANG WEIYE XILIE
YONGYUAN DE HONG PIAODAI

陈 宇◎著

江西高校出版社
JIANGXI UNIVERSITIES AND COLLEGES PRESS

图书在版编目（CIP）数据

永远的红飘带 / 陈宇著 .—南昌：江西高校出版
社，2021.1
　（建党伟业系列）
　ISBN 978-7-5762-0885-6

　Ⅰ . ①永… Ⅱ . ①陈… Ⅲ . ①革命故事—作品集—中
国—当代 Ⅳ . ① I247.81

中国版本图书馆 CIP 数据核字（2020）第 272669 号

出 版 发 行	江西高校出版社
社 址	江西省南昌市洪都北大道 96 号
总编室电话	（0791）88504319
销 售 电 话	（0791）88505090
网 址	www.juacp.com
印 刷	江西千叶彩印有限公司
经 销	全国新华书店
开 本	700 mm×1000 mm　1/16
印 张	11
字 数	105 千字
版 次	2021 年 1 月第 1 版
	2021 年 1 月第 1 次印刷
书 号	ISBN 978-7-5762-0885-6
定 价	22.00 元

赣版权登字-07-2020-1441

前　言

1934 年深秋,送别的赣南闽西乡音如泣如诉、低沉回响,中央红军踏上了漫漫长征路。

长征这一军事行动不是一般意义上的行军,而是一场考验红军将士意志、勇气和力量的人类伟大壮举。面对恶劣的自然环境,以及敌军的重重围困,红军不畏艰难险阻,仍能够突围成功,胜利到达陕北,真是人间奇迹、英雄史诗。

长征给党和人民留下了不朽的长征精神。在纪念红军长征胜利 80 周年大会上,习近平总书记说:"伟大长征精神,就是把全国人民和中华民族的根本利益看得高于一切,坚定革命的理想和信念,坚信正义事业必然胜利的精神;就是为了救国救民,不怕任何艰难险阻,不惜付出一切牺牲的精神;就是坚持独立自主、实事求是,一切从实际出发的精神;就是顾全大局、严守纪律、紧密团结的精神;就是紧紧依靠人民群众,同人民群众生死相依、患难与共、艰苦奋斗的精神。"长征已经积淀成中华民族的集体记忆,长征精神已经深深融入中华民族的血脉和灵魂,成为社会主义核心价值观的丰富滋养。

一代人有一代人的长征路，一代人有一代人的使命。干任何事情都需要毅力，唯有坚持，才有希望和成功。长征永远在路上，在当今、在未来，只要有困难在，就有长征精神闪耀其间。长征精神之毅力，是战胜任何困难的重要法宝。

在长征经过的省份，遍布各地的革命纪念馆、革命遗址遗迹、烈士陵园等，是对青少年进行爱国主义教育的重要场所。本书分为"理想信念""检验真理""唤醒民众""开创新局"4个部分，讲述30个纪念地背后的长征故事，体现长征精神。读万卷书，行万里路。对长征历史需要更加深入了解的读者，可以从阅读本书开始，逐步拓宽阅读范围，走上长征路，留下自己踏寻精神和理想的足迹。

(中国人民解放军军事科学院研究员、军史专家，大校军衔)

2020 年 7 月

目　录

第一章　理想信念

1. 开路先锋　　　　　　　　　　2

2. 绝命后卫　　　　　　　　　　6

3. 赤水奇兵　　　　　　　　　　12

4. 大渡河英雄　　　　　　　　　18

5. 铁流飞卷过雪山　　　　　　　24

6. 草地险境　　　　　　　　　　28

7. 血战独树镇　　　　　　　　　34

8. 鏖战包座　　　　　　　　　　39

第二章　检验真理

1. 湘江血战后的觉醒　　　　　　46

2. 通道会议定转兵　　　　　　　51

3. 黎平会议首调落脚点　　　　　56

4. 遵义会议大转折   61

5. 扎西会议大整编   66

6. 苟坝马灯   72

7. 百团混战百丈关   77

8. 俄界会议的晨曦   82

第三章　唤醒民众

1. 红军民族政策发端   89

2. 红军楼和红军岩   95

3. 彝海结盟   101

4. 丹巴藏民独立师   106

5. 贺龙在滇西藏区   111

6. 三过单家集   117

第四章　开创新局

1. 最后险关腊子口   124

2. 哈达铺一张报纸定方向   130

3. 红旗漫卷六盘山   135

4. 吴起镇"切尾巴"　　　　　141

5. 永坪会师　　　　　　　　146

6. 直罗镇"斗牛"　　　　　　151

7. 三大主力会师　　　　　　156

8. 山城堡最后一战　　　　　162

第一章　理想信念

革命理想高于天。党和红军在长征中几经挫折而不断奋起，历尽苦难而淬火成钢，归根到底在于心中的远大理想和革命信念始终坚定执着，始终闪耀着火热的光芒。

1. 开路先锋

红军长征湘江战役纪念馆位于广西全州县才湾镇脚山铺，于 2019 年建成开馆。该纪念馆以"英雄史诗，不朽丰碑"为主题，有 3 层展示区。馆内陈列了红军长征的史料、文物，重点介绍了湘江战役。1934 年 11 月 27 日至 12 月 1 日，作为开路先锋的红二师投入湘江战役中著名的三大阻击战之一——脚山铺阻击战。

红军长征湘江战役纪念馆

1934 年 10 月，第五次反"围剿"失败，中央红军被迫撤离根据地，实行战略大转移，开始了二万五千里长征。8.6 万多人的中央红军要想冲破敌重兵的围追堵截，必须有一支过硬的部队冲在前面斩关夺隘，杀出一条血路来。1934 年 10 月 15 日，红一军团第二师接到命令，担负了这个光荣任务。中央革命军事委员会（简称中革军委）之所以选中红二师担任长征中的开路先锋，是因为这支部队除了具有较高的政治素质外，还有着很强的战斗力和过硬的战斗作风。

中革军委于 1933 年授予红二师第五团的锦旗

红二师在长征之初作为左路前卫，在师长陈光、政委刘亚楼的率领下，奋勇开辟突围道路。10 月 21 日，红二师第六团袭占江西信丰县金鸡圩，旗开得胜。24 日晚，红军各路先头部队开始西渡桃江（即信丰河），抢占河西要点，掩护主力渡河。25 日，红军全部渡过桃江，突破了敌军的第一道封锁线。

11 月 2 日，第六团以奔袭、奇袭的方式，夺取广东仁化县城口，俘敌 100 余人。5 日晚至 8 日晨，红军从汝城、城口之间突破了敌军的第二道封锁线。

红二师奉命向九峰山、乐昌方向前进。陈光师长率一个连先行到乐昌侦察，发现敌人已向乐昌大道开进，于是第四团奉命抢占距粤汉铁路10多公里的九峰山制高点。第四团动作神速，按时完成了抢占九峰山的任务，与敌激战一天，掩护红军主力安全通过。红军突破了敌军在湖南郴县、良田、宜章和广东乐昌间布设的第三道封锁线。

此时，红二师因担负掩护任务，由前卫变成了后卫，军团首长命令该师迅速超越中央纵队，恢复前卫位置。11月22日，第四团、第五团以日行50公里的速度奔袭湖南道县，攻占县城。第四团占领水口，并在西元地区击落敌机1架。第六团在道县以南的葫芦岩、莲花塘、九井渡架设几座浮桥，掩护中央纵队和后续部队渡过潇水。红军在道县与水口之间全部渡过潇水，为抢渡湘江创造了有利态势。

11月27日，红二师昼夜兼程，率先渡过湘江，控制了广西兴安界首到全州脚山铺的渡江点，这里是敌军的第四道封锁线。红二师在脚山铺两侧的山头上，与敌军展开了争夺战。

敌军在10多架飞机的掩护下，攻势越来越猛，阵地上硝烟弥漫。第五团政委易荡平在激战中身负重伤，无法撤出阵地。为了不做俘虏，易荡平开枪自尽。当一股敌人窜到处在阵地中间的第四团团指挥所前时，团长耿飚挥舞马刀带领战士扑过去与敌人格斗。在第二营指挥战斗的第四团政委杨成武立即率通信排增援,陷入重围,一颗流弹击中他的右膝盖,血流如注。

红二师主力在脚山铺展开了一场气壮山河的阻击战。每坚持一分钟,都要付出血的代价。指战员们发扬英勇顽强的战斗精神,用刺刀、手榴弹打垮敌军整连、整营的反复冲击,阻止了敌军的进攻,使得中央机关和红军大部队渡过湘江。

湘江之战历时五昼夜,这是红二师突围转移以来打得最艰苦、最激烈的一次战斗。

红军渡过湘江后继续西进,红二师仍担负开路先锋的艰巨任务,在突破乌江、智取遵义、飞夺泸定桥、强渡大渡河、攻占腊子口等著名战斗中屡建奇功。

2. 绝命后卫

陈树湘烈士生平事迹陈列室位于湖南道县烈士纪念园内，于2019年建成开放。该陈列室按照湘南民居风格设计建造，主馆外围边长为34米，代表红三十四师；内围边长为29米，寓意是陈树湘牺牲时年仅29岁。在湘江战役中，担任全军后卫的红三十四师被敌军重重包围，全体指战员浴血奋战，直到弹尽粮绝。

陈树湘烈士生平事迹陈列室

长征开始后，红五军团的行军序列一直在最后，主要负责抗击敌军追兵，掩护红军主力前进。一路上，红五军团以顽强的阻击和悲壮的牺牲赢得了"铁流后卫"的赞誉。红军队伍中流传着这样一句话："红一军团打先锋，攻无不克；红五军团殿后，守无不固。"特别是红五军团第三十四师因其指战员大部分英勇牺牲，被誉为"绝命后卫师"。

红三十四师是 1933 年春由闽西游击队改编组建而成的部队，下辖 3 个团，共 5000 余人。

1934 年 11 月 25 日，中革军委决定，全军分成 4 个纵队，迅速从兴安、全州之间抢渡湘江，前进至湘桂边境的西延山区。红三十四师师长陈树湘代表全师指战员接受了军团首长下达的作战任务：坚决阻止尾追之敌，掩护红八军团通过苏江、泡江，尔后为全军后卫；万一被敌截断，返回湘南发展游击战争。

红三十四师接受担任全军后卫的任务后，立即出发。红军刚进入阵地，气势汹汹的敌军就来到了眼前，并开始发起全面进攻。全州和兴安之敌沿公路对进，企图夺回渡江点，截断红军前进道路；敌第二路军进至黄沙河地区策应；敌第三路军由道县进占文市，合击红三十四师，敌桂军则向红军左翼实施猛烈突击；敌第四、第五路军正向文市前进，情况万分危急。

在敌军四面包围的危急情况下，红三十四师全体指战员顽强奋战，顶住了兵力占优势之敌的多次进攻。阻击阵地上，战

斗空前激烈。追敌是第三路军 4 个师，他们自恃兵力雄厚，妄图一举消灭红三十四师。在猛烈炮火和飞机轰炸的配合下，敌军轮番发起进攻，几乎打入红军据守的战壕。红三十四师指战员以大无畏的英雄气概，杀伤了大量敌人，打退了敌军的多次进攻。

晚上，受到重创的敌军经过调整部署后，再次向红三十四师阻击阵地发动更加疯狂的进攻。阵地上空，信号弹、照明弹以及其他炮弹的火花交织在一起。红军指战员们提出了"誓与阵地共存亡，坚决打退敌人的进攻，保证中央机关和兄弟部队抢渡湘江"的响亮口号。子弹、手榴弹用完了，他们就用刺刀、枪托与冲上来的敌人拼杀，直杀得敌人尸横遍野。

红军前沿工事被摧毁，山上的树木被烧得只剩下枝干，部队伤亡越来越大。红三十四师全体指战员浴血拼杀，迟滞了敌军的进攻，掩护党中央、中革军委和主力红军于 1934 年 12 月 1 日晨渡过了湘江。

12 月 3 日 4 时，中革军委给红三十四师发出电令："你们必须准备在不能与主力会合时，要有一时期发展游击战争的决心和部署。"这是红三十四师接到的中革军委最后一封电报。同日下午，红三十四师在全州县文塘村遭到敌军围攻，电台被炸，正在给中革军委发报的师政委程翠林牺牲，与中革军委的联络完全中断。

红三十四师经过数天激战，损失极其严重。在临近湘江岸边时，渡江的浮桥已被炸毁，渡江追赶大部队已经无望。保存革命力量，把部队带出重围，是上级的命令，也是陈树湘的唯一愿望。他当机立断，率部队东返，准备沿原路转至湘南开展游击战争。12月7日，红三十四师离开广西灌阳，进入湖南境内，部队仅剩200余人。

在一次渡河战斗中，陈树湘不幸腹部中弹，鲜血染红了他腰间的皮带和灰布军装，他在担架上率部继续突围。部队在驷马桥又遭到道县保安团的截击，敌人再一次包围了这支队伍。这时，陈树湘决定掩护战士们突围。在警卫员的搀扶下，陈树湘撤到路边的一座破庙里继续射击敌人，直至打光了子弹。陈树湘让警卫员扶着，踉跄地走出庙门。他忍着剧烈的疼痛，沉着从容地站立在庙前的草地上。

在驷马桥正生药店坐镇指挥的道县保安团营长何湘，听说抓到了一名红军师长，高兴得发了狂。他立即叫人把陈树湘抬到药店来，几番威逼利诱不成，只好让团丁抬着陈树湘送往道县县城，向上司邀功请赏。

担架上的陈树湘陷入深度昏迷。当他清醒过来时，他乘敌不备，双手撕开缠绕在腹部的绷带，那里面是敌弹打穿的伤口。他用力扯断了肠子，壮烈牺牲，时年仅29岁，实现了他"为苏维埃新中国流尽最后一滴血"的誓言。

　　红三十四师指战员血战湘江之侧，以坚定的理想信念，誓死保卫党中央，为军委纵队和红军主力渡湘江赢得了宝贵的时间。他们发扬不怕流血牺牲和连续作战的光荣传统，阻击敌追兵，与十几倍于己的敌军鏖战，在枪林弹雨中用生命筑起了一道钢铁屏障，出色地完成了全军后卫的任务。

3. 赤水奇兵

　　红军四渡赤水纪念塔矗立在贵州仁怀市赤水河西岸茅台渡口朱砂堡顶，于1996年建成。该塔高25米，意为二万五千里长征；塔身由4片浪柱形的建筑依次错落重叠而成，象征红军四渡赤水。1935年1月至3月，中央红军主力四渡赤水河，打破了国民党军队妄图围歼红军于川、滇、黔边境的计划。

红军四渡赤水纪念塔

1935年1月下旬，中央红军离开遵义北上，准备北渡长江到四川与红四方面军会合。蒋介石觉察到了红军的意图，从四川、云南调集兵力在红军将要经过的长江沿岸修筑大量碉堡工事，阻挡红军北渡长江，并命令湖南薛岳的两个纵队和贵州的军队一起从红军后面迂回包抄，企图把中央红军消灭在长江南岸。

这时，红四方面军领导人张国焘竟然违抗中央的命令，没有到川南钳制敌人和率领部队接应中央红军，反而擅自往北行动。中央红军在土城青杠坡战斗中严重受挫。根据这些情况，毛泽东认为红军腹背受敌，前无去路，当机立断，暂时放弃与红四方面军会合的计划，改变原先准备渡江北上的打算，指挥部队往敌人力量薄弱的云南方向进军。他解释说，如果红军继续北上，就正好掉进敌人设下的圈套；如果突然西进，就会出其不意，争取主动。大家认为毛泽东说得有道理，一致同意西进。红军转弯向西渡过赤水河，这就是一渡赤水河。

红军避开敌军的锋芒，前往云南省扎西（今威信县城），顺利召开了扎西会议，从容进行了著名的扎西整编。

红军西进以后，敌人一时不明红军去向。蒋介石见苦心在长江边上布下的封锁线落空，又急忙往扎西方向调兵。然而，当气焰高涨的敌军从大老远的地方向在扎西地区的红军扑来，还没有完成合围部署的时候，毛泽东及时指挥红军掉头向东，

二渡赤水河的渡口之一——太平渡渡口

出其不意地向敌人空虚的贵州北部大踏步前进，把敌人甩在了扎西一带。2月19日，红军二渡赤水河。

红军忽然回师东进，完全出乎蒋介石的意料。这时，他判断红军可能还是向东与红二、红六军团会合，于是再急令大军向东前去阻截。

敌军主力全部被调到了东部去阻截红军，造成贵州遵义一带空虚。趁此机会，红军攻下桐梓、娄山关，于2月27日再次占领遵义。从2月11日红军由扎西挥戈向东以来，短短十几天时间，部队由西向东，由北向南，横扫近600公里。

蒋介石看到红军第二次占领遵义城，又急忙派大批人马去增援遵义。敌援军刚到遵义附近，就被早已埋伏好的红军打得落花流水。红军如猛虎下山，追击败退的敌人。敌人丢盔弃甲，

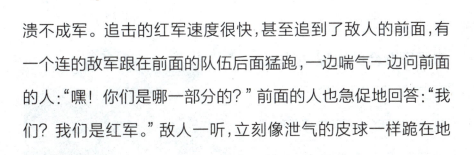

溃不成军。追击的红军速度很快，甚至追到了敌人的前面，有一个连的敌军跟在前面的队伍后面猛跑，一边喘气一边问前面的人："嘿！你们是哪一部分的？"前面的人也急促地回答："我们？我们是红军。"敌人一听，立刻像泄气的皮球一样跪在地上，举手投降。

敌援军司令吴奇伟被红军打败，只带着几个卫兵侥幸逃过乌江。眼看红军追来，他下令砍断了乌江上的浮桥，落在后面的 1000 多人马因无路可逃被红军缴械。

遵义大捷，红军歼灭和击溃了敌两个师以及 8 个团，俘虏 3000 多人，取得了长征以来的第一个大胜利。毛泽东诗兴大发，即景填词《忆秦娥·娄山关》，在"西风烈，长空雁叫霜晨月""马蹄声碎，喇叭声咽""苍山如海，残阳如血"的战斗场景里，畅吟"雄关漫道真如铁，而今迈步从头越"。

蒋介石听说国民党军队又打了败仗，气得暴跳如雷，急忙放下手中的一切事务，坐飞机来到遵义北边的重庆督战。他仍然判断中央红军要向东与红二、红六军团会合，便调兵在乌江沿岸布防，大有要将红军一举歼灭的架势。

毛泽东一眼就看穿了蒋介石的用心，决定将计就计，采取声东击西，牵着敌人鼻子转的办法来打击敌人。红军先在遵义附近徘徊，蒋介石误以为红军对下一步该怎么走没有拿定主意，于是指挥国民党军队疯狂向遵义扑来。毛泽东利用蒋介石

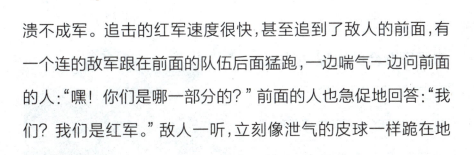

最怕中央红军北上与红四方面军会合的心理，指挥红军突然挥戈西进，于3月16日在茅台三渡赤水河，摆出了到四川南部去的姿态。这是红军的一次大佯动，目的在于吸引敌人到川南去。

这一招很灵，蒋介石果然又中计，他认为红军这一回准要北上过长江，于是赶紧调集军队到长江边上等候，命令向川南调兵，阻截

茅台渡口

红军，而丢下了乌江边上的碉堡防线。正当敌人苦心等待红军上钩的时候，毛泽东见把敌人调到川南的目的已经达到，从3月21日晚到22日晨，指挥红军四渡赤水河，又折回了贵州。

红军再入贵州的时候，正是蒋介石各路大军纷纷向川南前进之时。红军巧妙地与敌人相对而行，神不知鬼不觉地跳出了包围圈，把蒋介石的几十万大军甩在了川南黔北。

3月24日，蒋介石由重庆飞抵贵阳督战，却不料红军已经南渡乌江并且近在咫尺。其实，红军进逼贵阳，目的是借蒋介石之手调出滇军。4月9日，红军利用滇军东调增援贵阳之机，

从贵阳、龙里之间通过湘黔公路迅速向云南开进。红军在昆明附近虚晃一枪,接着向西北方向前进,于5月初渡过金沙江,彻底摆脱了敌人的围追堵截,实现了北上的战略目的。

四渡赤水之战的胜利,宣告了蒋介石围歼中央红军的计划破产,生动地体现了毛泽东军事思想和灵活机动的战略战术。

4. 大渡河英雄

中国工农红军强渡大渡河纪念馆坐落于四川石棉县安顺乡安顺村,于2004年建成开馆。安顺场以"翼王悲剧地,红军胜利场"闻名,这里曾发生了两件大事:太平天国翼王石达开兵败紫打地,中国工农红军成功强渡大渡河。纪念馆前方广场上的红军战士石雕头像特别传神逼真,炯炯有神的双眼注视着大渡河。

中国工农红军强渡大渡河纪念馆

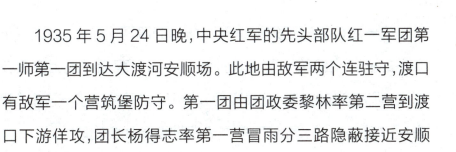

　　1935年5月24日晚,中央红军的先头部队红一军团第一师第一团到达大渡河安顺场。此地由敌军两个连驻守,渡口有敌军一个营筑堡防守。第一团由团政委黎林率第二营到渡口下游佯攻,团长杨得志率第一营冒雨分三路隐蔽接近安顺场,突然发起攻击,经过20多分钟的战斗,击溃敌军两个连,占领了安顺场。

　　红军指战员奔袭到大渡河边,将一根木棍投入水中看流速,眨眼间木棍就被冲出去很远。在这样的条件下,游过河和立桩架桥都是不可能的,唯一可行的方法是靠一条刚缴获的小船渡过去。

　　25日拂晓时分,在安顺场南岸,经过一夜激战的红军顾不得疲劳,奔向大渡河岸边,准备强渡。第一团指战员来到河边,在晨雾中仔细察看水势,寻找最佳的渡河地点。

　　大渡河水面宽约300米,水流湍急,深水中暗礁不少,掀起数丈高的浪花,发出震耳的轰鸣。

　　大渡河对岸,高高的山壁仿佛被劈开一道口子。口子的底端就是唯一能上岸的地方,还有一段40多级台阶通向山顶。敌人在台阶的顶端建了4个碉堡。碉堡后面的房子里驻了敌人一个营,把守着这个渡口。敌人早已接到命令,在此做好了准备,阻挡红军过河,并叫嚣让红军当"石达开第二"。

　　红军的小船在这样险要的地方登岸,困难之大可想而知。

第一团首长决定先组织一支精悍的渡河突击队，挑选突击队员的任务交给第一营营长孙继先。第一营全体战士集合在岸边，听完首长的战前动员以后，队伍里立即发出了一连串"我去！""我去！"的请战声，争先恐后地要参加突击队。

孙营长决定集中从第二连选派。第二连集合列队，等待营长宣布名单："连长熊尚林，二排排长罗会明，三班班长刘长发……"16个名字念完了，16位勇士跨出队列。突然传来"哇"的一声，从队列中跑出来一名小战士。他一边哭，一边跑到孙营长面前，说："营长，我也要去！我一定要去，批准我吧！"原来是第二连的通信员陈万清。多么英勇无畏的好战士啊！孙营长被他的精神感动了，批准了他的请求。

17位勇士组成的突击队分成两批，每人配有一把大刀、一支冲锋枪、一支短枪、五六个手榴弹，还带有划船的工具。连长熊尚林带领第一批勇士登上了那条小船，由当地船工摆渡。

强渡大渡河的战斗开始了。架设在岸边的轻重机枪，"嗒嗒嗒"一齐向对岸的敌阵地开火。随着"轰、轰"两声炮响，敌人的两个碉堡飞上了天。狙击手的子弹，直往敌人的射击孔里钻去。

勇士们乘坐的小船随着汹涌的波浪颠簸前进，一会儿坠入浪谷，一会儿攀上浪峰，四周满是子弹打起的水花。岸上所有人的注意力都集中在小船上。"轰！"一发炮弹落在船边，掀起一个巨浪,打得小船晃荡了好一阵子才平稳下来。小船在弹雨中继续向前驶去。突然,一梭子弹扫到了船上,一位勇士的胳膊受伤了,船帮也被打了一个洞,河水不断涌进船里。勇士们立即堵住洞口,把水舀出船外。当小船离对岸只有五六米远的时候,勇士们一齐站起来,面对枪林弹雨无所畏惧,一个个从船里一跃而起,跳进水中,向岸边冲去。上岸后,勇士们抓住岸边的岩石,纵身而上,直扑渡口台阶。

　　敌人见红军冲了上来,慌了手脚,把手榴弹、滚雷像冰雹似的往下乱扔。团团浓烟遮住了勇士们的视线,不待烟雾消散完,勇士们冲上了台阶。这时,从碉堡后面突然冲出200多个敌人,向勇士们扑来,情况万分危急。南岸的红军看得清楚,轻重机枪一齐向敌人的工事射击。红军的神炮手把最后的两发炮弹准确地打到敌人的碉堡里,两声巨响,几十个敌人丧命。有一个敌人提着机枪,刚想架设在岩石上,红军狙击手仅用一颗子弹就把他打到了河里。敌人扛不住对岸红军的猛烈炮火,掉头向碉堡跑去。但是,勇士们的手榴弹紧跟着也进了碉堡。

　　勇士们占领碉堡后,用碉堡里敌人架设的机枪,狠狠地向外面的敌人扫射。一位勇士瞄准敌人的指挥官,"嗒嗒嗒嗒"一梭子弹,结束了他的性命。敌人见指挥官死了,乱作一团,狼狈逃窜。

　　营长孙继先立即带领第二批勇士渡河,与先前上岸的勇士

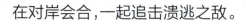

在对岸会合,一起追击溃逃之敌。

　　随后,红军又在渡口下游缴获了两条船,于是第一师的 3 个团和干部团源源不断地渡过大渡河,占领了北岸其他渡口,一举击溃守敌,并扫清了北岸沿河之敌。红军在安顺场突破大渡河防线,粉碎了敌人妄想凭借大渡河消灭红军于南岸的迷梦,为夹河而上夺取泸定桥创造了有利形势。

5. 铁流飞卷过雪山

　　夹金山位于四川阿坝藏族羌族自治州小金县(原懋功县)南部，属邛崃山脉，横亘于小金县达维乡与雅安市宝兴县之间。夹金山又名"甲金山"，意为很高很陡的山，垭口海拔4114米。在长征途中，三大主力红军翻越海拔4000米以上的雪山有20余座，其中夹金山是中央红军翻越的第一座大雪山。

夹金山垭口

24

1935年6月中旬的川西平原，已是闷热难当，气温接近30摄氏度。就在这个季节里，中央红军进入川西雪山地区。

横亘在川西懋功和宝兴之间的夹金山，海拔4000多米。当地流传着这样一首民谣："夹金山，夹金山，鸟儿飞不过，凡人不可攀。要想越过夹金山，除非神仙到人间。"山上终年积雪，寒气逼人，当地老乡说："只有神仙才能登越。"因此，这座山又被称为"神仙山"。对于长时间战斗、生活在南方的中央红军大多数指战员来说，在过去别说是大雪山，就连雪花都没有见过。他们经过长途跋涉和转战，来到这座雪山下时，体力消耗很大，又缺衣少食。要翻过这座"神仙山"，面临的困难是巨大的。

红军并没有被神秘的大雪山所吓倒，他们在做了一些必要的御寒措施后，准备攀登夹金山。时值盛夏，红军将士都穿着一件单衣，只有在上山之前，由各连队煮了一些辣椒水，每人喝了一碗，然后上山。

红二师第四团的指战员作为前卫团率先翻越夹金山，部队沿着蜿蜒曲折的山路向上行进。越往上走，路越窄，山势越陡，气温也越来越低。过了半山腰再往上走，便没了路，几层雪冻在一起，有半米多厚，雪底下哗哗地流着冰水。红军指战员深一脚浅一脚地走着，草鞋很快就被冰水浸透了，脚趾被冻得麻木了。

白皑皑的大雪山上，气候变化无常，时而狂风大作，冰雹雨

雪倾泻而下，气温骤降，寒气袭人；时而烈日当空，强烈的紫外线晃得人睁不开眼睛。路边不时发现白骨，说明已往有不少行人在上山途中丧生，这不禁令人毛骨悚然。

英勇无畏的红军凭借顽强的意志克服重重困难。冰天雪地里，有的战士穿着草鞋，有的战士找来破布把脚包了起来，还有的战士光着脚。许多人得了雪盲症，只得由战友搀扶着或者拉着马尾巴前行。

队伍中，一位女红军艰难地搀扶着一个小红军，走走停停。那个小红军好像患了重病，步子歪歪斜斜。这位女红军是蔡畅，那个小红军是蔡畅的警卫员，因为他长得秀丽，两颊总是那样绯红，大家都叫他"红桃"。红桃病了好几天，刚才又受到雨雪侵袭，他的病情加重了，脸色变得苍白，嘴唇没有一点血色。

山愈高，风愈寒。一阵阵寒风吹来，红桃浑身发抖。蔡畅关切地问："红桃，你冷得很吗？"红桃点了点头。蔡畅立刻停住脚步，把自己的毛衣脱了下来。红桃连忙摆手表示拒绝。蔡畅不由分说，将毛衣套在了红桃的身上。刚走出 100 多米，红桃的两腿忽地一软，就坐在雪坡上了。蔡畅见状赶紧拼命地拉他，刚拉起一点，他又坐下了。只见红桃眼泪汪汪地说："蔡大姐，我实在不行了，我没照顾好你……"蔡畅眼圈一红，哽咽着说："红桃，你看，马上就要到山顶了！"红桃睁大了那双纯真的眼睛，深深地望着蔡畅，最后说了一句："你给我娘写封信吧！"

说完,身子一仰,就倒在厚厚的雪地上了。蔡畅伏下身子,拉着他的手喊道:"红桃!红桃!你再坚持一下!"可是红桃合上了眼睛,脸上的眼泪顷刻结成了冰珠。之后,蔡畅和战友们一起把红桃掩埋在雪坑里。红桃穿着蔡畅的那件毛衣,永远睡在了雪山上。

这时,只听山顶上有人高声喊道:"同志们,快到山顶了!再坚持一下就是胜利!"红军指战员们向上一望,果然山顶近在眼前,山垭口高高地飘着一面红旗。那面红旗在白雪的映衬下,像是燃烧的红色火焰,随着山风翻飞着。

红军翻越雪山,是亘古未有的壮举。它向世人证明,红军将士有不怕苦、不怕死的英雄气概。

6. 草地险境

　　红军经过的川西北草地，也叫"松潘草地"，其范围大致包括四川阿坝藏族羌族自治州若尔盖县的北部、南部，松潘县的西部，红原县的北部等，纵横300多公里，面积约15200平方公里，海拔在3500米以上。过草地同翻雪山一样，红军用顽强的意志挑战生命极限，创造了军事史上的一大奇迹。

漫无边际的川西北草地

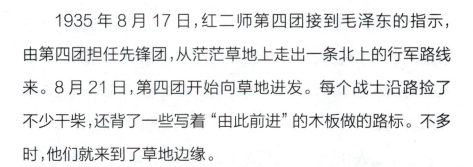

1935 年 8 月 17 日，红二师第四团接到毛泽东的指示，由第四团担任先锋团，从茫茫草地上走出一条北上的行军路线来。8 月 21 日，第四团开始向草地进发。每个战士沿路捡了不少干柴，还背了一些写着"由此前进"的木板做的路标。不多时，他们就来到了草地边缘。

放眼望去，草地茫茫无边，不见林木，不见村舍，只见一丛丛杂草。草地远看像平铺的绿毯，近看却是东一蓬、西一撮的蒲团大小的草墩子。草墩子之间则是积满酱黄色污水的烂泥窝，烂草、污泥、臭水搅混一潭，软得像一缸缸豆腐脑，晃晃荡荡。有的还"嘟嘟嘟"冒着水泡，散发出令人窒息的腐臭味。看到这样的景象，第四团的指战员们都愣住了。

"往北，只能走这条路。"请来的藏族向导走到团长王开湘和政委杨成武的身边，用不太流利的汉语说道。

王团长的眉头锁紧。

"只能拣最密的草根走，一个跟着一个。过去，我就是这样，几天几夜走出了草地！"向导补充道，"草地上的水淤黑的，都是陈年腐草泡出来的，有毒……脚划破了，被这毒水一泡，也会红肿溃烂。"

接着，部队按照向导的要求，跨步进入草地深处。一个个路标插在第四团探寻出的路线上。随后，主力部队开始踏上了茫茫草地。

第
一
章
理
想
信
念

29

红军进入草地后,虽然有向导带路,但是连日来的雨水不仅淋湿了战士们的衣服,也淹没了先头部队留下的路标。即使在没有积水的地方,草长得半人高,人踩过后,草又很快竖立起来,把前面人走过的印迹很快抹平。浑浊的泥潭说大不大,但一步跨不过去;说小不小,要想到达泥潭对面就得绕个弯才行。因此,许多战士偏离了正确的行军路线,迷失了方向。

常常看到这样的情况:一个红军战士掉进了泥潭,身旁的战友急忙伸手去拉,结果自己跟着陷了进去,第三个战士过来搭救,不幸也陷入其中。

毛儿盖以北的腊子塘,是红军进入草地后的第一个晚上的宿营地。部队只能分散在一小块一小块的土丘上,席地而坐,用破烂的毯子蒙头就睡,但是刺骨的寒风呼呼地刮着,让人无法入睡。深夜,忽明忽暗的篝火,难以赶走逼人的寒气。有的红军战士没能挨到天亮,便永远闭上了眼睛。

沿途倒下的红军战士,绝大多数是因为寒冷和饥饿。有的是两个战士摞在一起倒下的,上面的战士紧紧搂着下面战士的脖子,下面的战士用双手托着上面战士的身体,这显然是下面的战士背着已经昏迷过去的战友,而后自己也倒下了;有的侧卧在泥水中,手里攥着的几十粒青稞已经送到嘴边,这是他舍不得吃的最后一口粮食,现在准备应急吃下,但为时已晚,他连放到嘴边的最后一点力气也没有了;有的赤身裸体像是沉睡在

路旁，身边却叠放着脱下的衣物，泥地上歪歪扭扭写着一行字：送给缺衣的战友。路过此处者，无不默哀致敬。他们把衣服披在烈士的身上，掩埋了他的遗体。在缺粮的情况下，红军指战员只好采集野菜，由于不熟悉川西北草地的植被，误食有毒野菜而中毒的人很多。

过草地后，红一军团政委聂荣臻的心情非常沉重，他知道有许多战友被一个个草丛泥潭吞噬，因此致电紧跟其后的红三军团军团长彭德怀、政委李富春，把红一军团沿途经过的情形和后续部队应该注意的事项、经验教训等告诉他们，并请他们再转告后面的周恩来所率领的部队，电文写道："一军团此次因衣服太缺和一部分同志身体过弱，以致连日牺牲者约百人。经过我们目睹者均负责掩埋，在后面未掩埋的一定还有。你们出动时，请派一部携带工具前行，沿途负责掩埋。"

10 天后，聂荣臻接到周恩来发来的一份电报："据三军团收容及沿途掩埋烈士尸体统计，一军团掉队落伍与牺牲的在四百以上。你们要特别注意改善给养，恢复体力。"

部队严重减员，红二师第六团由于减员太多，走出草地后被改编为第五团第二营。

沉睡了千万年的草地由于红军的横跨，结束了它自古以来没有大军通过的历史。许多红军指战员在血与火的作战中英勇冲锋陷阵，没有倒下，却在缺粮少药、高寒缺氧的艰苦环境中献出了宝贵的生命,长眠于草地上。

　　野地荒草岁岁枯荣,而红军过草地的艰苦岁月是史册中永不褪色的一页。

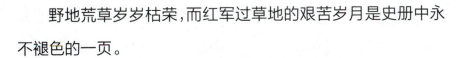

7.血战独树镇

　　红二十五军独树镇战斗遗址纪念碑矗立在河南方城县独树镇七里岗上，于1997年落成。纪念碑形如刺刀，蕴含"血战"之意；碑身25.34米，蕴含红二十五军的番号和1934年的时代背景，刻有"红二十五军独树镇战斗遗址"。独树镇战斗是红二十五军长征中生死攸关的一仗。

红二十五军独树镇战斗遗址纪念碑

1934 年 11 月 16 日,奋战在大别山区的红二十五军奉中央命令,离开鄂豫皖革命根据地,开始战略大转移。出发前,中共鄂豫皖省委和红二十五军根据中共中央关于北上抗日的通知精神,发布了《中国工农红军北上抗日第二先遣队出发宣言》。

红二十五军的长征是中国工农红军长征的重要组成部分。

长征前夕,红二十五军进行整编工作。抽调鄂东北地方部队补充进土力红军,撤销师一级建制,将全军整编为军直辖的四个团:第二二三、第二二四、第二二五团和手枪团,共 2900余人。程子华、徐海东分别任正、副军长,吴焕先为政治委员。

河南罗山县何家冲,是红二十五军的长征出发地。这个豫鄂交界处的小山村,处在群山环抱之中。全体指战员集中在村头一棵高大的银杏树下,军首长站在鲜艳的红二十五军军旗前,下达了出发的命令。浩浩荡荡的队伍顺着山沟向西行进,奔向桐柏山区。

11 月 26 日,天刚蒙蒙亮,国民党军队追上来了,与红二十五军的后卫部队交上了火。本来没有睡好觉的战士们一听有枪声,又来了精神。军部命令第二二三团在副军长徐海东的指挥下就地阻击,负责殿后,其他部队迅速北进。这天的行军,第二二四团作为全军的前卫,在吴焕先的带领下走在全军的最前面。程子华率领第二二五团、手枪团居中,依次行军。

这天，恰遇寒流，气温陡降，呼呼的北风中雨雪交加。因敌情紧急，一路都是急行军。衣服单薄的红军指战员忍着饥寒不停地走。雪地里有不少体弱的战士在战友们的搀扶下向前挪动，部队已经出现掉队的情况。

下午1时多，红军先头团进至方城县独树镇之北的七里岗，高岗下以西几十米外是许（昌）南（阳）公路。正当红军准备穿越许南公路时，突然遭到埋伏于此的敌军一个旅和一个骑兵团的猛烈阻击。红军处于平坦的地形上，几乎完全暴露在敌人的火力之下，猝不及防，再加上天气寒冷，很多战士手被冻僵，扔不出手榴弹，拉不开冰冻的枪栓。零星打响的火力不能有效地反击敌人，敌人的火力却非常猛烈。走在最前面的第一营，许多战士中弹倒在地上，紧跟其后的第二营和第三营也处在敌人的包围圈中，左右都遭到敌人火力的猛烈扫射，队伍全部被压制在河沟中。

敌人发起了冲锋，并沿河道从两翼包围过来。

就在这万分危急的时刻，吴焕先从后面跑到队伍前面，抽出一把闪着寒光的大刀，大声喊道："同志们！跟我上！"

第二二五团也从后面冲了上来，及时投入战斗。混战中，红军仍然处在敌人的火力网下。

徐海东率领第二二三团赶了上来，从七里岗左侧向敌人发起猛烈进攻。经过一番血战，把刚才企图包围上来的敌人击退下去了。

　　红军指战员浴血奋战,一次又一次地顶住了敌人的进攻。黄昏时刻,战线终于相对稳定下来。战局形成对峙状态后,第二二三团向敌人阵地发起冲击,力图撕开一个缺口,冲过公路。由于敌人凭借坚固的工事抵抗,红军连续三次冲击均没有成功。

　　天色渐渐暗了下来,刚才还是雪花飘飞,转眼间下起瓢泼大雨。趁此时机,红军主力后撤到数公里外的村庄中休整,抓紧时间吃饭,另想办法突围。

　　在腹背受敌的严重情况下,红军当机立断,决定立即突围。部队紧急集合,调集了各连的轻机枪60多挺,由军首长亲自带领,组成突击队,走在最前面。风更大了,雨雪铺天盖地,道路泥泞不堪。红军在中共地下党员的带路下,向右绕道到敌人防守空虚的叶县保安寨以北的沈庄附近,越过许南公路,于27日拂晓进入伏牛山区。

　　27日上午,敌军一个师、一个旅和一个骑兵团又追了上来,其先头部队已超越红军。在拐河附近,第二二三团立即抢过澧河,第二二五团迅速抢占上马村高地,击溃敌人的进攻,掩护第二二四团顺利过河。这时,红军又有一些伤亡,还有一些战士掉队,被敌人抓捕。

　　红军边打边走,在有效的阻击中控制了进山要道。红军一

进入山区，就如同蛟龙入水，可以大显身手了，敌军骑兵则失去了优势。徐海东指着前面的三座大山，兴奋地说："同志们，快看啊！我们的增援部队到了，来了整整3个师。"部队上下顿时来了精神。次日，红军在古木庄、交界岭击退了尾追的敌军，于11月29日深入伏牛山中。

红二十五军凭着坚定的信念和顽强的精神，杀出了一条血路，保存了红军的有生力量，为红二十五军完成战略转移任务奠定了基础。

8.鏖战包座

　　包座为藏语"务柯"的译音,意为包座沟笔直得像"枪膛"。它位于四川若尔盖县东南部,分为上包座、下包座。包座河横贯其间,时值雨季,水深流急。1935年8月底,此处"枪膛"里充斥着弹药硝烟味,包座战役在这里打响。红军长征北上甘南,只有这条古道可走,必须打下包座。

包座战役达金寺战斗遗址

1935年8月，中央红军和红四方面军混编成左、右两路军，分别踏上北上征途。红一方面军第一军、第三军和红四方面军第四军、第三十军组成右路军，分左、右两翼过草地。中共中央和中革军委随右路军行动。8月下旬，中央机关和右路军大部经过艰苦跋涉，走出茫茫草地，到达班佑、巴西地区。部队在这一区域稍事休整，中央召开了一系列会议，确定了继续北上甘南的战略方针。

国民党军胡宗南纵队进驻松潘后，松甘古道便成为其主要粮道。为储备和转运来自甘肃的军粮，胡宗南部独立旅第二团分驻上包座达金寺（又称大戒寺）一个营、求吉寺（又称救济寺）两个营，设立兵站，修筑集群式碉堡，构成一个防御区，卡在了红军进入甘南的必经之路上。胡宗南发现红军已经走出草地后，急令一个师由松潘以北的漳腊驰援包座，妄图在包座河一线堵截红军。

此时，红四方面军总指挥徐向前主动向党中央建议，攻打包座的任务由红四方面军部队来承担，采取围点打援的战法，歼灭包座守敌和增援之敌。

红三十军先头部队奉命赶到包座后，以第八十九师为第一梯队，由该师的一个团担任主攻，消灭包座河东岸达金寺守敌，另外两个团在达金寺西北地区担任侧攻；以第八十八师为第二梯队，隐蔽于班佑至达金寺路侧等待时机，准备歼灭增援之敌;红四军第十师攻击求吉寺守敌,其主力控制各要道,并随时准备出击;红一方面军第一军作为预备队,集结在巴西和班佑地区。

8月29日黄昏前,各部队进入预击位置。暮色中,红军向达金寺守敌发起猛烈进攻。红三十军军长程世才和第八十九师师长邵烈坤在包座河西岸边指挥战斗。

战斗打得非常艰难。红军一直打到晚上9时,才攻下了达金寺外围北山山脚下和西坡半山腰的几个碉堡。残敌退入达金寺后山碉堡,负隅顽抗。为诱敌来增援,红军对其围而不攻。8月30日傍晚,敌援军先头部队进抵达金寺以南,为诱敌深入,红军略作阻击便撤至达金寺东北山区隐蔽。

第二天下午,敌援军全部被诱入红军的伏击圈。这里是一个山谷,山上全是原始森林。隐蔽在丛林中的红军一齐向敌人出击,顿时,枪声、喊杀声、炮弹和手榴弹的爆炸声响成一片。红军第八十八师的一个团像一把利剑插在敌军中间,使其首尾不能相顾。

战斗渐入白热化状态,红军指战员用手榴弹、刺刀和大刀片同敌人厮杀。有的马尾手榴弹挂在树上,杀伤不了敌人,红军指战员就端着刺刀或挥着大刀片扑上去。前边的倒下了,后边的又冲上去,同敌人展开了肉搏战。一个山头要经过几次争夺,敌人抢占了,红军再把它夺回来。激战了7个多小时,敌援

军被歼灭了。

红军趁势攻占达金寺，寺内守敌抵挡不住，在逃跑之前放火点燃了粮库。红军攻入寺院后，迅速将大火扑灭。很多战士跳上冒着烟的粮垛，抓起烧焦的粮食，大口地吞嚼。战士们真的是太饥饿了，他们是忍着饥饿同敌人厮杀而取得眼前的胜利的。固守在达金寺后山碉堡的敌人见大势已去，便全部下山投降。

与此同时，红四军在包座以北 22 公里处的求吉寺与敌军一个团展开激战。经过草地恶劣环境煎熬的指战员们，虽然面黄肌瘦，但是有理想信念在，斗志不减。敌军在寺庙中进行了充分准备，囤积了大量的粮食和物资，凭借坚固的院墙负隅顽抗。红军多次冲锋失利，伤亡很大。

第十师师长王友钧从一名战士手中夺过一挺机枪，架在警卫员的肩膀上，一边高喊着"冲啊"，一边猛烈扫射，硬是把敌人的火力压了下去。突然，王友钧的喊声停了，一颗子弹穿过了他的头部。战后，王友钧的遗体安葬在求吉寺附近的山坡上，指战员们含着热泪采来鲜花堆放在墓前。

8 月 31 日晚 10 时，红军全线占领包座，胜利完成了党中央交付的打开北进通道的任务。

跨越草地后的包座之战，红军以疲惫之师攻击敌人精锐之旅，毙伤敌人 4000 余人，俘敌 800 余人，缴获长短枪 1500 余

支，轻重机枪 50 余挺，电台 1 部及大批弹药、牦牛、骡马、粮食等军用物资，使北上红军得到了急需的补充，粉碎了敌人欲将红军困死于草地的企图，实现了北出四川创建陕甘根据地的战略目的。

第二章　检验真理

党和红军经过长征变得更强大了，因为中国共产党找到了中国革命的正确道路，找到了指引这条道路的正确理论。

1. 湘江血战后的觉醒

　　湘江战役旧址界首渡江码头位于广西兴安县界首镇老街北端，是湘、桂往来的重要古渡。渡口河面宽100多米，两岸都有山林，便于隐蔽。1934年11月底至12月初，红军将士血战湘江，掩护中央机关和军委纵队从界首渡口安全渡江。最终，英勇的红军突破了敌人的第四道封锁线，也付出了惨重代价。

湘江战役旧址界首渡江码头

从第五次反"围剿"失利到被迫长征,主要是博古、李德的错误军事路线所致。当时,政治上由博古做主,军事上由共产国际军事顾问李德做主,周恩来负责督促军事准备计划的实行。

1934 年 10 月,中央红军自赣南突围后,突破敌人的第一道封锁线时减员 3700 余人,突破第二道封锁线时减员 9700 余人,突破第三道封锁线时减员 8600 余人,共减员 2.2 万余人。第四道封锁线横在桂东北、湘西南,敌军在湘江两岸修筑碉堡 550 多座,妄图凭借优势兵力和精良装备,利用湘江这道天然屏障围歼中央红军。

11 月 27 日,中央红军第一、第三军团主力进至广西灌阳、全州、兴安地区,红一军团的先头部队红二师顺利渡过湘江,控制了兴安界首到全州脚山铺的渡江点。次日,红三军团第四师主力渡过湘江,进至界首,但后续部队未能及时跟进。这天,敌重兵由全州向脚山铺地区的红二师发起进攻。接着,敌桂军 4 个师由龙虎关等地向兴安、灌阳以北进攻。红军在湘江两岸顽强战斗,掩护中央机关渡江。

在灌阳新圩阻击战中,红三军团第五师的两个团和军委炮兵营 3900 余人,对战 1.3 万余人的桂军。军团给红五师的命令就是"不惜一切代价,全力坚持三天至四天"。

阻击的第一天,在接连不断的冲锋和反冲锋中很快过去。

红军给敌人以巨大杀伤，但在敌军炮火和机枪扫射下，也付出了相当大的代价。红五师的阵地已经被敌军的炮火像翻地一样掘了一遍。第一道工事，连影子都没有了，山上的松树成了半截木桩。大家已经记不清打退了敌人多少次进攻，只清楚地记得师、团首长的命令："我们的背后就是湘江，我们这座小山，是全军的前哨阵地。我们要坚决守住它，保证中央纵队顺利渡过湘江。"

第二天拂晓，战斗更加激烈。敌军加强了兵力和火力，轮番冲击，并以小部队迂回侧击。从正面发起进攻的是装备精良、兵力十倍于红军阻击部队的桂军。但是桂军的这次进攻仍没有得到什么便宜，战至中午，敌军的十几次进攻都被打退了。红军的伤亡也愈来愈多。第二道工事全被敌人的炮火摧垮了。为了保存有生力量，红军主动撤到山顶上的最后一道工事内。仅这头两天的激战，红五师已经损失过半。

军团电报不断传来江边的涉渡情况："纵队正在向江边前进。""纵队已接近江边。""纵队先头部队已开始渡江。"电报下文无疑都是要求阻击部队继续坚持。

敌我双方都是在咬紧牙关拼命，就看谁能坚持到最后。红五师在焦土上已抗击 3 天，军委纵队还在过江。遮天蔽日的硝烟中，红军又多次把敌军的进攻压下去了。红军以拼死的战斗，坚持支撑着更险恶的局面，阻击阵地上仍然飘扬着红旗。吼叫着的一群群敌军被拦阻在几平方公里的山头面前，不能前进半步。

直到第三天下午4时，红五师接到军团的撤退命令。在新圩阻击战中，红五师付出了沉重的代价，伤亡2000多人，自师参谋长以下的团、营、连干部几乎全部伤亡。

在全州脚山铺阻击战中，红一军团也打得尤为艰苦和惨烈，损失3000多人。第五团政委易荡平牺牲，第四团政委杨成武负重伤，连以下指挥员牺牲殆尽。

在兴安光华铺阻击战中，红三军团牺牲1000余人。红四师第十团团长沈述清牺牲，师参谋长杜宗美接任团长，很快也牺牲，全团牺牲400余人。

新圩阻击战纪念馆

　　湘江战役后，红八军团几乎解体，红三军团第十八团、红五军团第三十四师的大部分指战员没有过江。中央红军和中央机关人员由长征出发时的 8.6 万余人锐减至 3 万余人。

　　红军广大指战员亲历第五次反"围剿"的失利，湘江一战又几乎濒于绝境，与前四次反"围剿"的情况对比，逐渐觉悟到这是排斥了以毛泽东为代表的正确路线、贯彻执行了错误路线所致，部队中明显地产生了怀疑不满和积极要求改变领导的情绪。这种情绪日益显著，在湘江战役后达到了顶点。

　　在中央领导层，最凸显的言行就是争论。此后的万里征途中，尽管处于流动和频繁战事中的中共中央政治局召开会议实属不易，但仍召开了 20 多次会议，以解决重大问题。

　　惨烈牺牲换来了觉醒。湘江战役后长征途中所召开的会议，不乏冲突和激辩，主要是解决军事路线和组织领导问题。通过这些会议，逐步确立了毛泽东的领导地位，党开始独立自主，逐渐走向成熟，形成了强有力的领导集体，摆脱了困境，最终实现了长征的伟大胜利。

2. 通道会议定转兵

位于湖南怀化市通道侗族自治县县溪镇的恭城书院,既是我国现存最完整的侗族古书院,又是通道转兵会议会址。该书院内复原了当时召开会议时的摆设。湘江血战后,党和红军领导人在全县、兴安、龙胜、通道连续开会,反复讨论红军行军路线问题,最后在通道会议上作出了转兵贵州的决策。

通道转兵会议会址

湘江战役后,蒋介石加紧了兵力部署,在湖南城步、新宁、绥宁、武冈、靖县、洪江等地设置了一道严密的袋形防线,企图将中央红军围歼于北上湘西的途中。紧急的敌情不给红军歇息的机会,主要负责人的紧急会议只能在行军间隙中召开。

1934年12月2日至3日,刚渡过湘江的党和红军领导人在广西全县西延(今资源县)召开临时会议,主要就红军为什么受挫、怎样去湘西(即是否从西延北出城步)等紧迫问题进行磋商。

面对敌情的新变化,毛泽东在阐明事关存亡的重大问题之后,拍着桌子断然表示:"绝不向敌人布的口袋里钻,要救红军的坚决上山,进贵州!"周恩来也气愤地说:"对!上山!走!"多数人也跟着说:"上山!走!"他们表示再也不听任错误路线的瞎指挥。

会议最后决定:第一,即刻放弃西延休整,启程向湖南进发。第二,立即改变行军路线,不再按原计划从西延北出城步,而是向西经越城岭(又名老山界)分路北上湖南。第一路从兴安华江乡千家寺出发到龙胜江底乡;第二路经雷公岩翻越百步陡到兴安塘洞村(今属资源县两水乡);第三路翻越梯子岭、猴子坳、雷公田到塘洞村,与第二路部队会合。这次临时会议的重大内容,在半个月后黎平会议作出的《中央政治局关于战略方针之决定》中得到肯定。

12月3日下午,朱德签署了《我野战军脱离敌人继续西进的部署》。傍晚,红军从油榨坪掉头,南下至兴安华江乡一带,而不是按原计划北上入湘。李德的《中国纪事》记载:"中央红军按照计划继续向西前进,然而在战术上有了一个很小的但很重要的变化,这就是:中央红军避开广西的区域而采取了一条大致向北的、朝着湘黔交界方向的路线。"

12月4日,党和红军主要领导人在兴安华江乡同仁村塘坊边召开紧急会议,主要讨论怎样去湘西、如何轻装翻过越城岭入湘等紧迫问题。经过激烈争论,会议最后决定:暂定前往湖南通道县以南地区,以待机行动,再根据敌情变化调整战略方针;压缩辎重部队,以便轻装转移。当天,中革军委发布了《关于我军向通道以南西进致各军团、纵队电》,"通道以南"并非转移目的地,仅是择机而动。

12月5日至6日,红军各部分路翻越老山界,向龙胜江底乡、马堤乡前进。老山界比起后来翻越的高山,可谓小巫见大巫,却令指战员们刻骨铭心。陆定一的《老山界》记载:"老山界是我们长征中所过的第一个难走的山……但是当我们走过了金沙江人渡河、雪山草地之后,老山界的困难,比起这些地方来,已是微乎其微,不足道的了。"红军指战员刚经历湘江血战,其造成的心理阴影无形中放大了攀登老山界的难度。

翻越老山界后,毛泽东极力主张不再北上湘西,改向贵州

进军,在那里争取让疲惫的红军稍事休整。12月8日晚,军委纵队在广西龙胜马堤乡坳头村宿营,从电台截获的敌军电报中得知,有四五倍于红军的敌军布防于湘西地区,红军面临被"一网打尽"的危险。中央负责人立即召开紧急会议,主要围绕去不去湘西,怎样去湘西,是否从绥宁、城步之间北上,或改变原定战略方针等问题进行争论。晚上9时,中革军委发布了《我野战军继续西进及九日行动部署》。从当日晚至10日,经过激烈争论,会议接受了毛泽东提出的西入贵州、再行北上的主张,决定借道黔东去湘西北,否定了李德提出的从追敌后面北上湘西北的意见。

12月11日,红军攻占湖南通道县城。12日,中央负责人在这里召开紧急会议。毛泽东提出的转兵贵州的主张得到多数人的支持,但博古、李德仍主张去湘西。基于准确及时的情报,会议决定先西进贵州黎平、锦屏,然后北折黔东去湘西,这是避开强敌、脱离险境、迂回绕道行军的权宜之计,走的是新路,去的却还是老地方。通道转兵,仅是战术"转兵",而非战略"转兵",只是对行军路线进行了技术性调整,却并未改变北上湘西与红二、红六军团会合的战略方针。庆幸的是,长征落脚点虽未改变,转兵贵州却避免了全军覆灭的可能。当天,中革军委发布了《关于我军十三日西进的部署致各军团、纵队电》。

12月13日,红军开始由湘入黔。14日,中革军委有电文称:"我西方军现已西入黔境,在继续西进中寻求机动,以便转入北上。"

中央红军在湖南通道、贵州黎平期间进行了长征以来的第一次大整编,这也是红军在湘江血战损失过大后的必然重整。中革军委在通道发布了《关于取消第二纵队,合编第一、二纵队的命令》《关于红八军团并入红五军团的决定及其办法致董振堂等电》的整编令,整编的宣传、合编等工作则是到了黎平后落实和完成的。

3. 黎平会议首调落脚点

黎平会议会址坐落在贵州黎平县城的翘街上，是一座前店后院、商居两用的典型建筑。黎平是中央红军入黔攻克的第一城，中共中央政治局在这里召开长征途中的第一次正式会议。这是一次关系红军命运和中国革命前途的重要会议，首次调整红军长征的落脚点，在关键时刻起到了统一思想、凝聚军心、团结队伍的重要作用。

黎平会议会址

中央红军由广西经湖南进入贵州，于 1934 年 12 月 15 日攻占黎平。黔东偏僻小城黎平，地处黔、湘、桂三省区交界处。

周恩来随先头部队入城，为黎平会议的召开做准备。12 月 17 日，中央纵队全部进入黎平。红军总部设在胡荣顺商号，周恩来、朱德、张闻天、王稼祥住在这里。李德正患疟疾，住在红军总部驻地隔壁的福音堂，这里的一名德国医生为他治疗。

在福音堂，周恩来向李德通报了会议准备的情况和需要研究的问题。李德对周恩来的通报不理不睬，但当周恩来谈到会议要讨论红军进军方向的时候，李德情绪大变，顽固地坚持与红二、红六军团会合，说这是共产国际定下的方针，任何人都不能改变。

12 月 18 日，由周恩来主持的中共中央政治局会议在红军总部驻地召开。根据会议安排，博古首先发言。他坚持要到湘西去，与红二、红六军团会合，强调说这是共产国际同意的决定，不能越雷池半步。

毛泽东在发言中指出，去湘西既不适宜也无可能，因为与红二、红六军团会合的道路已经被敌人严密封锁。敌军在贵州的防御力量薄弱，如果中央红军在贵州东北部的遵义地区能够站住脚，那么，向北偏西可以相机北进与红四方面军会合，向北偏东又可以与红二、红六军团相互策应，遵义地区是一个能让红军左右逢源的好地方。

会议开了一天一夜，争论十分激烈。

道理越辩越明。张闻天、王稼祥、朱德都赞同毛泽东的主张，并对第五次反"围剿"以来的军事路线进行了尖锐的批评。在多数人表示支持毛泽东的主张的浓烈气氛中，博古只好从善如流，也没有再对毛泽东的建议提出反对意见。

周恩来是会议主持人，又有很高的威望，他的态度对于黎平会议的决策至关重要。他不仅赞同毛泽东的主张，而且已部署兵力准备西渡乌江，所以，他在会议上说服与会者同意毛泽东的建议，已并非在不同主张之间进行选择。

会议最终接受了毛泽东的建议，通过了《中央政治局关于战略方针之决定》，这是黎平会议留存至今的唯一一份文件。《决定》指出："政治局认为新的根据地区应该是川黔边区地区，在最初应以遵义为中心之地区……"会议还决定在不久后召开一次政治局扩大会议，系统总结第五次反"围剿"以来党和红军的经验教训，并指定博古在行军途中草拟报告，周恩来准备一个副报告，提供给政治局扩大会议进行研究与审查。

会后，周恩来给李德送去会议决定的译文，李德看后大发雷霆，与周恩来大吵起来。周恩来怒拍桌面，把桌上的马灯震得跳起来熄灭了，警卫员赶紧再把灯点上。周恩来后来回忆说："在黎平争论尤其激烈。这时李德主张折入黔东。这也是非常错误的，是要陷入蒋介石的罗网。毛主席主张到川黔边建立川黔根据地。我决定采取毛主席的意见……西进渡乌江北上。李德因争论失败大怒。"

博古的意见尽管被会议否定，但他还是服从了会议决定。他得知周恩来与李德争吵后，对周恩来说："不要理他。"

为执行新的战略方针，中革军委下令对部队进行整编，撤销红八军团，将其并入红五军团，军委第一、第二纵队合并为军委纵队。整编后，中央红军分为左、右两个纵队，立刻向以遵义为中心的黔北地区进军。

黎平会议为遵义会议的召开做了重要的准备：一是把中央红军的新战略转移目的地由湘西改为以遵义为中心的黔北地区，首次调整了长征落脚点，从根本上实现了转兵；二是确定党在到达新战略转移目的地后，适时召开中央政治局扩大会议。陈云在 1935 年的《遵义政治局扩大会议传达提纲》中说："遵义政治局扩大会议的召集，是基于在湘南及通道的各种争论而由黎平政治局会议所决定的。"

长征开始时，博古、李德的错误路线有两个"念念不忘"：一是不肯扔掉随军携带的"坛坛罐罐"，二是不肯改变北上湘西与红二、红六军团会合的原定的不切实际的战略方针。前者在湘江战役后才得以解决，而后者是在黎平会议上解决的。

黎平会议是中共中央自长征后召开的第一次正式的政治局会议；第一次以中央政治局名义和《决定》的形式否定了博

古、李德顽固坚持的错误战略方针，这是一个具有深远意义的开端；第一次扭转了长达3年之久毛泽东在中央受排挤的地位，开始形成中央绝大多数领导人转而赞成、支持、拥护其正确主张的局面，从而为最终确立毛泽东的领导核心地位奠定了坚实基础。这三个"第一次"，使黎平会议成为以遵义会议为标志的系列会议中的一次重要会议。

4.遵义会议大转折

遵义会议旧址位于贵州遵义市红花岗区,是一幢砖木结构的中西合璧的两层建筑,原为国民党军官的私人官邸。1935年1月,中共中央政治局在这里召开扩大会议。这次会议成为中国共产党历史上一个生死攸关的转折点,中国革命在以毛泽东为代表的正确路线指引下走上胜利发展的道路。

遵义会议旧址

　　黎平会议上的争论，实际上并没有结束。渡乌江，到遵义，沿途争论更激烈。李德不甘心失去指挥权，博古也出现了反复。博古后来坦率地承认："在乌江架桥未成前，他（李德）极力主张东转时，我又一度动摇而赞助他意见。"

　　为确定中央红军进入黔北地区以后的行动方针，中央政治局于 1935 年元旦又在猴场（草塘）召开会议。会议通过激烈的争论，否决了李德等人提出的"不过乌江，回头与红二、红六军团会合"的主张，重申黎平会议的决定，通过了《关于渡江后新的行动方针的决定》，部署抢渡乌江作战。

　　乌江是贵州省内的一条大江，由西南到东北斜贯全省。乌江两岸悬崖陡峭，江面宽阔，水流湍急，素有"天险"之称。1935 年 1 月 1 日，红军到达乌江时，敌人已经烧毁渡口附近的民房，掳去了江边所有的船只。因此，红军只能就地取材，赶制竹筏渡江。至 1 月 6 日，中央红军分别从回龙场、江界河、茶山关三个渡口渡过乌江。1 月 7 日晨，红军先头部队进占遵义。

　　1 月 15 日至 17 日，中共中央在遵义召开了政治局扩大会议。会议的主要议题就是总结第五次反"围剿"的经验教训。博古首先作了关于第五次反"围剿"的总结报告，把第五次反"围剿"失败的原因归于客观。周恩来作了副报告，指出第五次反"围剿"失败的主要原因是军事指挥上的错误，并主动作了自我批评。

接着,毛泽东作了长篇发言。他分析了当前红军首先要解决的军事问题,尖锐地批评了博古、李德的军事指挥错误,用前几次反"围剿"胜利的事实批驳了用敌强我弱的客观原因为第五次反"围剿"失败作辩护的观点。他指出,正是在军事上执行了"左"倾教条主义的错误主张,才导致了第五次反"围剿"的失败,造成了红军在长征中的重大牺牲。毛泽东的发言反映了大家的共同想法和正确意见,绝大多数与会者表示赞同。

王稼祥在发言中也严厉地批评了博古、李德的错误,提议由毛泽东来指挥红军。朱德也表示了明确态度,支持毛泽东的意见。朱德历来谦逊稳重,这次发言时却声色俱厉地说:"如果继续这样的领导,我们就不能再跟着走下去!"他还严厉地要求追究临时中央领导的错误,谴责他们排斥毛泽东,完全依靠外国顾问李德,弄得红军丢掉了根据地。周恩来在发言中也指出,只有改变错误的领导,红军才有希望,革命才能成功。他坚决支持毛泽东对"左"倾军事错误的批判,极力推举毛泽东为党和红军的领袖。

大多数与会者都用自己的切身经历,讲述了这样的事实:在毛泽东的领导下,红军和革命根据地从无到有、从小到大,连续粉碎了敌人大规模的"围剿"。可是自从王明等"左"倾领导人排斥了毛泽东的领导,推行"左"倾军事路线后,第五次反"围

遵义会议会场

剿"的战争就失败了。长征初期，红军在历次大小战斗中，与比自己强大的敌人硬碰硬，结果又损失大半。事实证明，"左"倾教条主义者是错误的，而毛泽东的路线和作战战略方针才是正确的。

会议经过激烈争论，集中清算了"左"倾教条主义的军事路线，肯定了毛泽东的军事路线，统一了思想；撤换了"左"倾教条主义者的领导，取消了博古、李德的最高军事指挥权；改组了中央书记处和中央革命军事委员会，增选毛泽东为中央政治局常委。

会后，在常委分工上，毛泽东、周恩来负责军事。以后行军途中，又成立了以毛泽东为首的包括周恩来、王稼祥在内的三

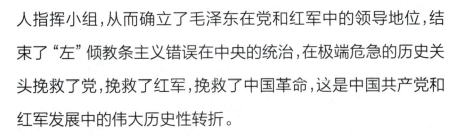

人指挥小组,从而确立了毛泽东在党和红军中的领导地位,结束了"左"倾教条主义错误在中央的统治,在极端危急的历史关头挽救了党,挽救了红军,挽救了中国革命,这是中国共产党和红军发展中的伟大历史性转折。

古老的遵义城,红军指战员奔走相告,欢欣鼓舞,展现出一派生机勃发的气象。

5. 扎西会议大整编

扎西会议旧址位于云南威信县扎西镇老街，原为江西会馆和湖广会馆。江西会馆由万寿宫、东皇殿和戏楼组成，均为木质结构建筑。1935 年 2 月 9 日，中央政治局扩大会议在江西会馆戏楼上召开，将遵义会议决议正式形成文件，确定了新的战略行动方针。扎西会议是遵义会议的继续和补充。

扎西会议旧址

在土城青杠坡战斗中,中央红军伤亡惨重,遵义会议决定的北渡长江的计划受阻。毛泽东力主避免阵地战、消耗战,尽快与敌人脱离接触。中央红军一渡赤水河,转兵向西,于1935年2月4日进入云南扎西地区。

由于敌军四面进逼,战斗频繁,军情紧迫,中共中央政治局于2月5日至9日先后在威信县的水田寨花房子、大河滩、扎西镇连续召开会议。会议由张闻天主持,主要解决继遵义会议后红军的战略方针等重大问题。参加会议的有毛泽东、张闻天、周恩来、朱德、陈云、博古、王稼祥、刘少奇、邓发、凯丰等。因为扎西镇是会议结束的地点,又是威信县城,所以这次会议史称"扎西会议"。

半个月前的遵义会议,批判了博古等人错误的军事路线及其危害,但尚未形成一个正式的决议;常委重新分工的工作也还未进行,错误路线的代表博古仍在中央有负总责的名义。遵义会议来不及完成的这两件大事,都是在扎西会议期间圆满完成的。

扎西会议形成了一系列重要决议,如《中共中央关于反对敌人五次"围剿"的总结决议》《中央政治局扩大会议总结粉碎五次"围剿"战争中经验教训决议大纲》《遵义政治局扩大会议》等文件,还有中共中央、中革军委给中央苏区分局和红二、红六军团及红四方面军的指示电等。

扎西会议完成了遵义会议后的常委分工。在水田寨花房子，张闻天代替博古在党中央负总的责任。张闻天的任职，保证了毛泽东的军事指挥，进一步加强了毛泽东在党和红军中的领导地位。这次会议实际上是以毛泽东为核心的党中央召开的第一次重要会议。新的党中央重新开始实施对中央苏区和湘鄂川黔革命根据地的领导，并对全国革命有关问题作了部署。它改变了原来的"无指示"被动局面，恢复了对全国革命斗争的领导，成为红军长征以来在伟大历史转折过程中首次研究部署全国革命的重要会议。

这次会议重点确定了中央红军新的战略行动方针。它决定暂时放弃遵义会议决定的北渡长江的计划，作出回师黔北、重占遵义的重大决策。新的战略行动方针的确定，对避免中央红军钻入敌军预设的口袋，扭转红军的被动局面，以及后来创建川滇黔边区根据地，有着极为重要的意义。会议还作出了成立中共川南特委和组建中国工农红军川南游击纵队的决定。中革军委从主力红军中抽出一批骨干力量，留在这一地区，组建游击武装。这支游击纵队后来与其他游击队合编扩大为川滇黔边区游击纵队，从最初的 400 多人发展到 3000 多人，坚持斗争长达 12 年。

鉴于红军自战略转移以来人员严重损失，许多部队番号已是虚有其名，中革军委决定整编部队。中革军委在扎西发布《关于各军团缩编的命令》,将原有建制的 30 个团缩编为 17 个团（包括干部团）,各机关也进行大精简。中央红军在湘江战役后,连续进行多次整编,有兴安整编、龙胜整编、黎平整编、遵义整编等,而较彻底的整编即是扎西整编。

扎西大整编,不仅是部队的缩编,机构的精简,更重要的还有"轻装"。新的党中央批判了原来那种搬家式的做法,决定丢弃许多笨重的装备和器材,如印刷机、磅秤等,将多余的 400 多件大宗物资全部破坏丢弃,卫生部将从江西带出来的一部爱克斯光机留在杨家寨的一个老乡家里。毛泽东说,将来革命胜利了,爱克斯光机有的是,不要舍不得。卫生部部长贺诚这才忍

红军用过的爱克斯光机

痛将它留下。中央红军"大搬家"后的彻底轻装和大规模整编完成于扎西,红军丢掉了"包袱",实现了"消肿",为下一步灵巧地周旋于赤水河两岸聚集了精兵强将。部队轻装上路,士气高涨,为长征的胜利奠定了基础。

6. 苟坝马灯

　　苟坝会议会址位于贵州遵义市播州区枫香镇苟坝村马鬃岭山脚，为木结构大瓦房四合院，由朝门、下厅、正房组成，坐北朝南。1935年3月10日至12日，苟坝会议在这里召开。在苟坝村，毛泽东用一盏马灯将中国革命道路照亮。

苟坝会议会址

苟坝会议的直接起因，是 1935 年 3 月 10 日凌晨 1 时红一军团发来的一封紧急电报，建议进攻打鼓新场（今贵州金沙县城）。张闻天马上召集 20 多位中央委员和红军将领召开专题会议，讨论这一议题。

　　在这个高级军事会议上，与会者就打与不打争执不下，从上午至深夜也没有达成一致意见。持反对意见的主要是毛泽东，致使会议时间一拖再拖。

　　鉴于过去博古、李德独断专行的教训，遵义会议作出决定，一切重大决策都要经过政治局讨论。但情况又从一个极端走向了另一个极端，队伍往往是白天行军、晚上开会讨论问题，20 多人的会议七嘴八舌，有时争论不休，有时议而不决。

　　此时大多数红军将领被刚取得的遵义大捷冲昏头脑，赞同进攻打鼓新场，反对者在上午还有三人，到下午再争论时，只有毛泽东一人。

　　会议已经开了一天，很多人对毛泽东的坚持己见已经显得很不耐烦。毛泽东心急如焚，来了脾气，对主持会议的张闻天说："你们硬要打，我就不当这个前敌司令部政委了！"

　　"少数应该服从多数，不干就不干！"有人毫不客气地顶了回去。

　　张闻天让大家举手表决，最后会议采取少数服从多数的民主表决方式，通过了进攻打鼓新场的决定，并且撤销了毛泽东

的前敌司令部政委职务。

毛泽东没有想到事情会出现这样的结果，回到住处之后，辗转反侧，难以入睡。他对中国革命的前途充满忧虑，思来想去，为了党和红军的大局，他翻身下床，决定去找负责起草作战命令的周恩来，进行最后的说服。

那时的苟坝村头，路况极差。马鬃岭山脚渗出的一道山泉水，形成了大龙井，离大龙井不远处还有一口小龙井。这两口井水汇成一道由北向南的溪流。深更半夜，毛泽东提着马灯，沿着大小龙井之间的田埂小道，走了几里地来找周恩来。这段路坑坑洼洼，泥泞不堪，白天也不好走，稍不慎就会掉进路旁的水坑中。

当周恩来拟好作战命令，正准备休息时，毛泽东到了周恩来的住所。两人聊了很久，最终周恩来表示接受毛泽东的判断。然后，两人又一起敲开了朱德的房门，三人达成了一致的意见，再去说服张闻天等人。

破晓时分，军委二局截

马　灯

获了敌人的电报,得知敌军正从四面八方向遵义、鸭溪、打鼓新场集结。红军如果进攻打鼓新场,将陷入敌重兵包围中。

战局果然如毛泽东分析的那样,敌人以 8 个师的兵力止伺机对红军形成合围。

已经是 3 月 11 日凌晨,张闻天通知苟坝会议继续进行。前一天通过的关于进攻打鼓新场之敌的作战计划,彻底被推翻了。中革军委紧急改变作战计划,立即发出《关于我军不进攻打鼓新场的指令》。

毛泽东的提灯之行,撤销了这次差点酿成大祸的冒险军事行动。

周恩来后来回忆说:"毛主席回去一想,还是不放心,觉得这样不对,半夜里提马灯又到我那里来,叫我把命令暂时晚一点发,还是想一想。我接受了毛主席的意见,一早再开会议,把大家说服了。"

接着,会议又理所当然地恢复了毛泽东的中央红军前敌司令部政委职务。

3 月 12 日,为了更高效的军事指挥,由毛泽东、周恩来、王稼祥组成新的"二人军事小组",全权统一指挥军事。军事问题不再开大会,为红军指挥调动节省了时间,赢得了主动。

苟坝会议最终开成了一个团结的大会、胜利的大会,一个最终见证真理的大会,也使遵义会议告一段落。扎西会议、苟

坝会议，都是遵义会议的继续，是自湘江战役后实现和完成大转折不可或缺的一系列会议的组成部分，是历史留给党和红军选择英明领袖的一道非常耐人寻味的连环选择题。

7.百团混战百丈关

红军百丈关战役纪念馆坐落于四川雅安市名山县(今名山区)的蒙顶山上,原是蒙顶山天竺院旧址,百丈关战役中成为红军指挥部。该纪念馆始建于 1985 年,馆内陈列着红军进入名山县后特别是百丈关战役的实物和史料。百丈关战役不仅是红四方面军从战略进攻转入战略防御的重大转折点,也是验证张国焘南下方针必然碰壁的重要标志。

红军百丈关战役纪念馆

1935年9月下旬，张国焘反对中共中央确定的北上抗日方针，率红四方面军南下。10月20日，南下的红军总部发布了《天芦名雅邛大战役计划》，总的战役方针是以主力夺取天全、芦山、名山、雅安、邛崃、大邑一带为根据地，彻底消灭敌川军杨森、刘文辉部，击败刘湘、邓锡侯部的增援。红军指战员喊着"打到成都吃大米"的口号，向南迅速翻过夹金山，发起凌厉的攻势。仅用半个月的时间，攻克宝兴、金汤、天全等地，占领邛崃山以西、大渡河以东、青衣江以北和懋功以南的川康边广大地区，击溃川军17个旅，造成了进可横扫川西平原的态势。

南下红军的胜利给国民党集团以极大震动，蒋介石为确保川西平原，命令四川军阀刘湘阻止红军攻势。刘湘急调其主力集结于名山、夹门关、太和场、石碑岗一带，连同原来当地敌军，共有80多个团。

11月16日，红军在攻克百丈关、连通黑竹关一线后，各部队开始沿百丈到邛崃的公路一路追逐猛打，又击溃援敌6个旅，大有直取成都之势。

增援到百丈关一线的川军几个旅挤满了公路，为争路而相互拳打脚踢，场面一片混乱。

红军呈扇形追击敌人，但由此也分散了有限的兵力。战至下午，攻势明显不如早晨那么凌厉了。在甘溪铺，红军遇到了兵力占绝对优势的川军的反扑，被迫仓促展开战斗，追击战转眼间变成了阻击战。

到了这时,南线红军已明显看出后备力量不足,可是增援的敌兵一拨一拨不断涌入战场。红军在伤亡严重的情况下,只好退到黑竹关坚守,不能再发起新的追击。

从百丈关至治安场沿公路一线的争夺战,进入白热化状态。敌我双方都在积蓄力量,百丈关之战也就发展成为一场异常激烈的恶战。川军由 6 个旅迅速增加到 15 个旅,国民党中央军薛岳部的两个军也由南向北加入了战斗,故军在兵力上形成了绝对优势。

11 月 18 日,川军以 20 多个团的兵力在飞机、大炮的掩护下,由北、东、南 3 个方向朝红军在百丈关附近的数公里弧形阵地反扑。整团整团的川军开始轮番向红军阵地发起冲锋。

红军以 30 多挺机枪组成火力网,对冲上来的川军进行阻击。红军阵地已被炸成一片松土,打断的树枝在遍地燃烧。

两军对垒中,不到半个小时就会展开一次刺刀肉搏战。百丈关附近方圆 10 多公里的土地上到处都是喊杀声。

11 月 19 日是百丈关最为紧张的一天。激战至午后 3 时,红军用刺刀硬是把川军向百丈关外逼出去了几十米。可就在这节骨眼上,敌军飞机出现在空中,盘旋扫射,滥炸民房。一颗颗炸弹呼啸而下,暴露在战壕外面的一些红军指战员被飞机扫射或被扔下的炸弹击中,枪支被炸飞到半空中。飞机扔下的燃

烧弹落入居民的院子内,引燃了百丈街的木房,烈焰腾空,数百米的长街被焚烧成一片废墟。

打到这时,百丈关东部已是无险可守。80多个团的敌军在飞机和大炮的掩护下,轮番向仅剩有15个团守卫的红军阵地百丈关地区攻击,红军的坚守也就越打越艰难。再经过一天的拼杀,红军已经浴血奋战七昼夜,但敌众我寡,实在是再也无法坚持。

11月21日晨,红四方面军指挥部作出决定:不能继续在名山、邛崃、大邑阵地上拼消耗,命令部队全线转移到九顶山、天台山至莲花山一线的山地据险防守。

百丈关之战,红军毙伤敌1.5万余人,但自身也付出了伤亡近1万人的惨重代价,主力严重受挫。此役的结束,宣告了《天芦名雅邛大战役计划》的失败。南下红军就此被迫转入防御。

严冬来临,红军无

百丈关战役遗址碑

粮,陷入极端困难之中,部队减员也无法补充。所有这些,都使红四方面军总指挥徐向前、政委陈昌浩和广大指战员更加认识到张国焘的南下方针是错误的。

8. 俄界会议的晨曦

俄界会议旧址位于甘肃迭部县达拉乡高吉村，为藏式木结构建筑。这里群山环绕，西南有8座山峰，因此村名藏语称"高吉"（8个山头之意），红军音译为"俄界"。1935年9月，中共中央政治局在高吉村召开的紧急会议，被称为"俄界会议"。俄界会议为红军长征战略转移指明了前进方向。

俄界会议旧址

1935年8月底,以红一方面军(中央红军)为主力组成的右路军走出草地,到达川西北若尔盖县巴西、阿西一带,发起包座战役,为北进甘肃创造了极好时机。然而,张国焘擅自强令以红四方面军为主力组成的左路军南下,并背着中央给右路军前敌总指挥部发了南下的电报。

党中央面临的形势异常严峻。9月9日深夜,毛泽东、张闻天、周恩来等中央领导人召开紧急会议,为避免红军内部发生冲突,断然决定先行北上。

9月11日,党中央率领红三军和中央直属队,抵达俄界,与早已等候在俄界的红一军会合。

9月12日,晨曦中,中央政治局成员即已全部到会,紧急召开决定战略前途的会议。到会的政治局成员有毛泽东、张闻天、博古、王稼祥、凯丰、刘少奇、邓发,参加会议的还有叶剑英、林伯渠、李维汉、杨尚昆、聂荣臻、彭德怀等,共21人。

俄界会议开得既紧张又沉闷。党中央面临的形势极其严峻、危险,一步失误,就有可能葬送中央红军,断送中国革命。

面对红军出现的分裂危机以及对战略前进方向判断的分歧,毛泽东在会上作了《关于与四方面军领导者的争论及今后战略方针》的报告,从思想上系统揭露和批判了张国焘右倾分裂主义错误。他指出,南下是没有出路的,如果不迅速北上,部队会大部被消灭。中央不能把红一、红三军团带去走这条绝路。

不管张国焘等人如何阻挠破坏，中央坚持过去的方针，即继续向北的基本方针。他特别强调，从当前的敌我形势出发，行动方针应有所变化，首先打到甘东北或陕北，以游击战争来打通国际联系，靠近苏联，在陕甘广大地区求得发展。

谈到张国焘错误的性质和处理办法问题，毛泽东指出，张国焘的错误发展下去，可能成为军阀主义，或者反对中央，叛变革命。同张国焘的斗争，是两条路线的斗争，应采取党内斗争的方法处理。

与会者在发言中一致同意毛泽东的报告，谴责张国焘的反党分裂活动，多数人认为中央对张国焘的处理应当重一些。

张闻天指出，要了解张国焘的下一步行动必然是组织第二党。当然，问题的转化有没有其他可能呢？也可能有。我们还有朱总司令、红五军、红三十二军在那里，还有广大的好的干部。经过我们的工作，还是有争取他的可能，我们应尽量争取后一种可能。

会议通过了《关于张国焘同志的错误的决定》，揭露了张国焘分裂党和红军的严重错误，号召红四方面军广大指战员团结在党中央周围，与张国焘的错误做坚决斗争。会上尽管有许多人提出要开除张国焘的党籍，但最终因为毛泽东的劝说没有成为决议。

"这个《决定》只传达到中央委员，不要向全军传达。"毛泽东谨慎地说，"我们这样做，主要还是为了挽救和团结张国焘同志，给其改正错误的机会。"

不开除张国焘的党籍的做法，无疑非常正确。后来在张国焘另立"中央"时，又有人提出要开除他的党籍，毛泽东仍坚持不同意。如果当时开除了张国焘的党籍，以后争取红四方面军过草地，就会困难得多。毛泽东在俄界会议上的做法，树立了在党内路线斗争中原则性和灵活性相结合的典范。

在《决定》中，中共中央第一次把红军的战略大转移称为"二万余里的长征"。在4个月前的5月，朱德在《中国工农红军布告》中指出："红军万里长征，所向势如破竹。今已来到川西，尊重彝人风俗。"到了俄界，"万里长征"的说法又具体到了"二万余里的长征"。

这时，北上的红军已经不便再使用原部队番号，决定改编为中国工农红军陕甘支队，彭德怀任司令员，毛泽东任政治委员，王稼祥任政治部主任。会议还决定召开营以上干部会议，向干部说明当时的战略方针和迅速行动的必要性。

俄界会议，是自红一、红四方面军会合后党中央数月来与张国焘分裂主义进行斗争的"大结局"，是相继召开的两河口会议、黑水芦花会议、沙窝会议、毛儿盖会议、巴西会议、牙弄紧急会议等一系列会议的高潮和终结。

草地的9月，一个冰雹雨雪交加的月份，毛泽东与张国焘

最终没有能再握手言和。

9月15日，毛泽东率部向北挺进。同一天，张国焘不顾中央的命令，在阿坝发布《大举南进政治保障计划》，公开了其分裂红军的活动，继而上升到分裂党的严重地步。

俄界会议后，毛泽东走出了他视为"一生中最黑暗的时刻"，晨光已经出现在远方天际。

第三章　唤醒民众

长征是宣言书，长征是宣传队，长征是播种机。在长征中，党和红军紧紧依靠人民群众，以自己的模范行动赢得了人民群众的真心拥护和支持。

1.红军民族政策发端

广西灌阳县文市镇玉溪村祠堂始建于清康熙年间,分上、中、下三座,南北走向,砖木穿斗式结构。1934年11月下旬,红军总政治部在这个祠堂制定了《关于瑶苗民族中工作的原则指示》,该指示成为党的民族政策具体落实的重要蓝本。玉溪村因此成为党的民族政策的发祥地之一。

广西灌阳县文市镇玉溪村祠堂

1932年冬至1933年春，广西灌阳县水车乡合成村的瑶民头领凤福山，与凤宝山、赵明玉等人领导了声势浩大的桂北瑶民起义，被推举为起义军大总统。起义延续了一年多，后被国民党地方政府和军队镇压了下去。

在桂北瑶民起义遭到镇压刚过去半年时，长征中的中央红军于1934年11月下旬进入灌阳。11月28日，一个在红军战士们看来长相和穿着都有些奇特的人来到红军接待处。此人个头不高，脸色稍黑，眉毛很粗，头发差不多生到眉毛边，眼睛又圆又大，上边遮满了睫毛，一根大辫子盘在头上，上衣打了几块补丁，裤腿溅满了泥浆，赤着双脚，手里拿着一个斗篷。此人是凤福山派来联系红军一起反对民族压迫的特使。

特使一进门就深深地作了个揖，连声喊"红军大人"，看到有人倒茶给他喝，也照样称呼"红军大人"，神情非常恭敬。他坐下喝了口茶，开始向接待他的红军干部说明来意："听说红军大人来打富济贫，替天行道，我们瑶家兄弟非常喜欢。我们瑶王让我送一道公文来，愿同你们联合。你们是红家，我们也是红家，旗帜颜色都是红的，说明我们是一家人。"

特使掏出一封黄纸朱字的信，信纸顶端一行大字"奉天承运瑶王致红军兄弟"，下面的文字内容大意是说时代不好，奸贼当道，百姓遭劫，十二姓瑶家受尽了汉官财主的压迫，请求红军帮助解救他们。文字是汉文，词句多土话，后面还有许多符咒。

接待处的红军干部按照群众来访的相关规定，热情招待了特使，请他吃了一顿饭，并写了一封回信，表示红军愿意和他们联合，还送了粮食和衣服给他。临走时，特使又作揖，连声对红军表示感谢。

瑶民特使来送信这件事上报后，引起了党中央和红军总政治部的高度关注。

11月29日，红军总政治部在驻地文市镇玉溪村祠堂，召开关于与瑶民建立友好关系的专题会议。参加会议的有博古、张闻天、王稼祥、李富春等人。会议主要由张闻天讲话和主持。

会议首先听取了接待处的红军干部对瑶民特使来访情况的汇报。

张闻天询问那个瑶民首领的姓名、住处和来函现在哪里，接待处的红军干部回答：“当时只当作一般群众来访对待，没有问瑶民首领的姓名和住地。特使尊敬他们的瑶王，没有直接称呼名字，我们也就没有再问。他们的来函上画了很多符咒，我们看不懂，认为没有什么价值，让特使又带回去了。”

张闻天皱了皱眉头，说道：“看来我们的同志对民族问题的极端重要性以及我党民族政策的严肃性知之太少，这是一个大问题。部队即将过湘江，进入少数民族区域，这个民族政策问题就更显得重要了。”

博古对张闻天说：“你和稼祥、富春一起，要详细研究此事。

根据列宁、斯大林关于民族问题的理论，以及稼祥在全苏一大（即1931年召开的中华工农兵苏维埃第一次全国代表大会）所作《少数民族问题报告》的精神，进一步具体提出我党民族工作的基本主张，指示全军贯彻执行。"

王稼祥严肃地说道："看来在对瑶民的工作中，还有一个重要问题需要解决，这就是如何对待瑶民的上层阶层问题，这些人在瑶民中享有极大的权威和威信。在反对汉族军阀、官僚的民族压迫中，他们还起着革命的作用。昨天米的瑶民就说到他们的瑶王领导了流血的武装斗争。因此，红军要欢迎瑶民的代表，和他们发生亲密的关系，订立政治的和军事的联盟，经过他们去接近广大的瑶民群众，不断提高瑶民群众的觉悟。"

张闻天继续讲话："在我们对瑶民的工作中，还要努力宣传解释，汉族的劳苦群众同样受帝国主义和国民党军阀、官僚、地主的压迫和剥削。瑶民和全国劳苦民众是兄弟，所以要联合起来，同心协力，为推翻帝国主义和国民党的反动统治而奋斗。要坚决反对大汉族主义，也要向瑶民解释狭隘民族主义的害处，加强广大劳苦群众的联合。"

李富春说："还有要欢迎和发动瑶民参加红军，或者组织自己的工农红军。同时，要在瑶民中吸收先进分子入党，注意在瑶族群众中进行必要的与可能的共产主义教育。"

与会人员就这样互相交流，集思广益，探讨和深入研究党

的民族政策的制定和执行。根据会议讨论和研究的精神，红军总政治部发布了《关于瑶苗民族中工作的原则指示》以及对苗瑶民的 13 条口号，并下达到各军团。

从此，全党全军对民族工作和民族政策的认识提高到了新的高度。红军和少数民族同胞在战斗中建立了深厚的情感。文市镇至今还保留着一些直接宣传民族政策内容的标语，如"红军和瑶民是一家人！""全体瑶民团结起来！"等。

2. 红军楼和红军岩

　　广西北部的龙胜县是中央红军长征进入的第一个少数民族聚居地区。红军过境10天,时间虽短,却给当地民众留下了深刻记忆。红军用实际行动证明自己是保护少数民族、爱护穷人的军队,很快取得了各族民众的信任。龙胜红军楼、红军岩见证了红军执行党的民族政策的成功实践。

红军楼

1934 年 12 月 4 日，中央红军在湘江战役后，翻越广西资源县与兴安县之间的老山界，红一、红三、红五军团分三路进入龙胜境内。这里居住着苗族、瑶族、侗族、壮族等多个少数民族，经济文化都比较落后。这时，国民党特务常常混入红军宿营的村寨四处纵火烧房，并散布谣言诬蔑红军，挑拨红军与少数民族的关系。村民深受谣言蛊惑，都躲到山上去了。

针对这种情况，朱德向各军团首长发出命令：连日桂敌派出大批密探，在我各军团驻地烧毁民房，企图疲劳及嫁祸我军，破坏红军在群众中的威信。各军团首长及其政治部应于到达宿营地后及离开宿营地前严密巡查。如遇火警，务必设法扑灭，救济受难群众。纵火奸细，一经捕获，应即经群众大会公审后枪决。

一天深夜，龙坪寨子中央的一座始建于清嘉庆年间的杨氏鼓楼突然起火，火借风势，大半个侗寨顿时变成一片火海。周恩来立即披衣起身，指挥灭火，并要求一定要尽全力保护群众的生命财产安全。在红军指战员和侗族群众的奋勇抢救下，大火很快扑灭。当晚，几名纵火的国民党特务被红军保卫人员抓获。

第二天，红军在寨子的一座祠堂里召开群众大会，公审纵火特务，揭露敌特的卑劣行径，宣传红军和党的政策，并发放救济款，接济受损失的群众。当地群众了解了事情真相，认识到

红军是一支纪律严明、真正保护人民利益的军队。于是，他们纷纷帮助红军，当向导，做挑夫，使敌人妄图挑拨红军和少数民族关系的阴谋破产。

为了纪念这段历史，当地群众把杨氏鼓楼改称为"红军楼"，审判纵火特务的祠堂也被称为"审敌堂"，现今都成为当地爱国主义教育基地。

红军总部和红三军团驻扎在白面瑶寨附近的江底乡矮岭村。由于连年征战，当地群众对军队十分畏惧和恐慌，加上国民党特务散播了大量对红军不利的谣言，年轻男子和妇女小孩都躲进了山林。朱德在晒坪上对还留在寨子中的老人们说："瑶胞们，我们是路过，和你们这些兄弟姐妹见个面。我们红军是保护瑶民的，你们别怕。"老人们听了朱德的讲话，把藏在山上的人叫了回来。

为了消除隔阂，红军派政工干部到山上去做动员工作，请群众下山。红三军团第四师的领导深入瑶寨，与瑶民余凤生等人促膝谈心，了解少数民族的疾苦和瑶胞生活，赠予毛泽东著的《湖南农民运动考察报告》小册子，同时通过他们邀请几位参加过桂北瑶民起义的首领到山下会谈。

在山下浔江东岸的泗水乡白面瑶寨旁，一块奇特的岩石向山外悬空探出10多米，状如巨龙伸出舌头，在《龙胜县志》中被称为"龙舌岩"。岩石下有一个可容纳10多人聚会的平台。

12月6日，红军将领在这岩石下会见了当地瑶民首领杨进六等人，并向在场的全体瑶胞致以亲切慰问。红军将领宣讲了中国共产党的性质、任务及民族政策，消除了瑶胞对红军的偏见和误解。为了鼓励当地群众继续革命，红军送给他们一些枪支和弹药。

红军将领与瑶族首领做了两个约定：一是红军绝对保护瑶胞。当时，瑶族等少数民族被轻视，名字上带有反犬旁，写作"猺"，红军倡导民族平等，将"猺"改为"傜"，后又改为"瑶"；二是鼓励瑶胞继续斗争，再寻光明。会后，红军在龙舌岩的石壁上书写了"继续斗争，再寻光明""红军绝对保护傜民"的两条标语，落款是"红政宣"，以示遵守约定。这是中国共产党最早实施的民族政策，党的民族工作也由此翻开了光辉的一页。

红军岩

瑶民深深被红军言行所感动,为纪念这次具有深远历史意义的会见,在红军走后,当地瑶民顺着红军笔迹,把这两条标语凿刻在石壁上,并将龙舌岩称为"光明岩",新中国成立后又易名为"红军岩"。

红军岩下,瑶民唱起了《红军谣》:"红军岩呐像条龙,岩石脚下草红红;石头上面刻了字,红军绝对保护咱瑶民。"朴素的歌谣,表达了桂北各族人民对红军的衷心拥护和爱戴,也是党和红军在桂北的民族政策和民族实践取得成功的体现。

3. 彝海结盟

彝海结盟纪念碑是四川凉山彝族自治州冕宁县彝海结盟遗址地的标志性建筑,碑基高3.5米,雕像高5米,基座宽2.2米,寓意是1935年5月22日结盟。中央红军北上先遣队司令员刘伯承和彝族首领小叶丹在冕宁县彝海边举行仪式,对天盟誓,歃血结拜为兄弟。在彝族沽鸡(基)部落的鼎力帮助下,红军安全顺利地走出了凉山地区。

彝海结盟纪念碑

彝族是我国西南地区的一个少数民族，彝民的生活习惯和服装打扮与汉族都不相同，他们性情豪爽，诚恳朴实。但是他们长期以来深受国民党反动派和四川军阀的残酷压迫和剥削，因而彝民对汉族官军恨之入骨，造成了严重的民族隔阂。红军长征从四川凉山彝族地区过境北上，困难非常大。

1935 年 5 月 22 日，红军总参谋长兼先遣队司令员刘伯承和红一军团政委聂荣臻率领先遣队向彝族地区进发。这里山深林密，群山连绵，羊肠小道在山石间蜿蜒。因为彝民不了解红军，所以红军必须以实际行动取得彝民的信任，无论如何都不能和彝民产生矛盾，更不能向彝民开枪。红军总部下令：谁开枪，谁就违反党的政策和军队纪律。

彝民听说汉族军队又来了，便将山涧上的一些独木桥拆毁，把溪水里的石墩搬开。红军部队沿途遇到很多障碍，只能边行军边砍树架桥。

就在红军刚走进离巴马房不远的一个山谷里时，突然远处几声枪响，几个彝民疯狂地朝这边跑来。他们手里拿着土枪、长矛、弓箭等武器，拦住了红军前进的道路。部队被迫停下来。只听那几个人大喊几声，周围顿时响起了号角，四面都是呐喊声，响彻山谷。山上山下，还有数不清的彝民从各个地方涌出来。部队顿时被围在中间，陷入困境。

彝民们头上裹着黑布，耳朵上挂着用野兽骨头制成的耳

环,身上穿着羊毛织成的外衣,腰间挂着大刀,高声地呐喊着。时而大刀在树林中闪光,时而枪声在深谷里鸣响,时而弓箭嗖嗖地从山石后边飞来。红军受到了严重阻碍,只能与对方对峙。在这种情况下,红军指战员严格遵守党的民族政策,没有进行还击,战士们只是紧握着枪,注视着对方的一举一动。

不一会儿,彝民们见红军不动,有几个人就围住红军战士,开始动手抢武器和工具,最后连枪带衣服抢了个精光。工兵连连长工耀南见状,实在咽不下这口气,就拔出了手枪,拉了枪栓。这时,周围的战士们也哗啦一声全都拉开枪栓。战士们的眼睛都紧紧盯着连长,等着连长发开枪的命令。

猛然间,党的政策、军队的纪律、上级的命令闪现在王连长的脑际。指导员罗荣虽然衣服被扒得精光,但他还在大声喊:"总部命令,不准开枪!"王连长马上收回了枪,向周围的战士命令道:"不准开枪!"

大家的心中都很不是滋味,埋怨情绪很大,不理解上级的民族政策。但是部队党组织号召大家严格按命令办事,不开枪,不反抗,严格遵守纪律。

红军通过通司(即翻译)对四面八方围上来的彝民做宣传。通司告诉他们,红军是共产党领导的中国工农子弟兵,和彝族人民一样都是穷苦人,是打国民党反动派的军队。红军来到这里,只是借路北上抗日,决不动彝区的一草一木。彝民们听了

这些话，半信半疑，还是不肯让路。

就在这时，嗒嗒的马蹄声由远而近，来人是彝族沽鸡部落首领小叶丹的叔叔，50多岁。红军干部赶紧亲切地走上前去和他交谈。小叶丹的叔叔刚开始有些谨慎，但当他看到红军非常亲热，根本不像往日见到的汉族军队那么野蛮凶狠，所以渐渐打消了疑虑。谈话中，小叶丹的叔叔看到红军通情达理，平等待人，纪律又如此严明，就和红军打成一片，其他彝民也不再抢红军的东西。红军干部还送给他一支左轮手枪、几支步枪和一些子弹。

小叶丹听说这件事后，十分高兴，提出要见先遣队司令员刘伯承，并说他个人要和刘伯承结为兄弟。刘伯承当即表示同意，并说共产党人应该做团结的模范。他和聂荣臻等人商议后，立即骑马来到了约定地点，小叶丹和其他首领都前来迎接。

小叶丹单腿曲下向刘伯承致敬，刘伯承亲切地扶起他，诚恳地说了红军的来意，告诉他：红军一定要消灭那些欺压彝民的反动派，将来解放了全中国，一定帮助彝族同胞建设自己的家园。小叶丹感动地拉住刘伯承的手说："真对不起啊！差点伤害了你们这些好人！"

红军和彝民结盟的仪式，在谷麻子附近的海子塘边举行。结盟仪式开始了，刘伯承和小叶丹并排跪在地上，面前摆着两碗滴过鸡血的清水。小叶丹首先端起碗，郑重地宣誓："刘司令和小叶丹,在海子塘边结为兄弟,以后如有改变,同鸡一样地死。"刘伯承也双手高高地端起碗,宣誓道:"上有天,下有地……刘伯承愿与小叶丹结为兄弟……"说罢,两人将血水一饮而尽。

刘伯承代表红军授予小叶丹一面红旗,上面写着"中国夷(彝)民红军沽鸡支队"几个大字,任命他为支队长,并送给他一批枪支。在场的红军战士和彝族人民,饱含喜悦的泪花,紧紧拥抱。彝民们深情地呼喊:"红军瓦瓦苦(红军万岁)! 红军瓦瓦苦!"红军指战员和彝族群众手拉着手,激动地欢跳着。

小叶丹忠实地执行了刘伯承的嘱托,将彝民组织起来,护送红军后续部队安全通过凉山地区。红军向大渡河岸边疾速挺进,争得了北上抗日的宝贵时间。

彝海结盟处

4. 丹巴藏民独立师

　　藏民独立师师部旧址位于四川甘孜藏族自治州丹巴县聂呷乡甲居藏寨的喀咔二村，是一座具有嘉绒藏族民居风格的石木结构建筑。长征途中，党的民族政策的一项基本方针是组织少数民族人民自己的武装。红军在丹巴县组建了藏民独立师，这是一支被纳入红军编制的少数民族武装。

藏民独立师师部旧址

1935 年 10 月 16 日，红四方面军南下占领丹巴。为了正确执行党的民族政策，积极做好少数民族上层头人的统战工作，在组建丹巴县苏维埃政府的同时，也开始组建丹巴民族地方武装。

丹巴县有个藏族头人叫马骏，藏名麻孜·阿布。他出生于甘孜丹巴县白呷依村。他的父亲马阿交，人称"马老太爷"。马骏少年时在县城教会学校读书，成年后经常随父亲用自家的几匹骡马驮运物资，或做点生意以贴补家用。他见多识广，好交朋友，为人诚挚、豪爽，富有同情心，对国民党的统治及土司头人的剥削压迫深为不满。

红军到丹巴后，马骏和父亲配合红军与国民党反动派做斗争。10 月底至 11 月，丹巴地区陆续建立了县、区、乡苏维埃政权。为适应丹巴地区革命发展的需要，在红军直接组织下，成立了以藏族同胞为主体的民族武装，这就是丹巴藏民独立团，马骏任团长。

驻丹巴的红五军军长董振堂、政委黄超、副军长罗南辉，在给红军总部的《关于敌情及部队情况的报告》中写道："丹巴县及区均已建立了番族人民革命政权，共分七个区，群众很好。武装除独立团外，各区有二十个、三十个不等的游击队……番民独立团现成立了三个营，约八百人，有枪二百余支，每连我们都派有军队干部去领导。"

丹巴在川康地区的战略位置非常重要，出产也较其他藏区丰富，这里的群众踊跃参加红军，兵源丰富，民间还有大量的武器弹药。1936年1月，红四方面军总部决定，将丹巴藏民独立团及各区乡游击队扩编为丹巴藏民独立师，马骏任师长，同时兼任丹巴格勒得沙政府（苏维埃）副主席。

为了加强对丹巴藏民独立师的政治和军事领导，红四方面军派李中权任丹巴藏民独立师政委，金世柏任副师长。从正规部队抽调100多名指战员到独立师，以开展政治思想工作和提高其军事技术。全师编制3个团，不设营，每团辖5至6个连（又称队），每连60至100余人，步、骑兵各一半。师还设有30多人的警卫排。全师最盛时期有近2000人，除红军派去的部分指战员外，全系藏族同胞。

丹巴藏民独立师担负的任务主要有：一是开展对敌斗争。部队沿大金川河一线担任警戒，派出若干小分队，选择重要交通路口构筑工事，日夜坚守，防止敌人袭扰，以确保主力红军侧翼的安全。二是维护当地社会治安。红军进入藏区后，少数反动头人裹胁部分不明真相的群众外逃。丹巴藏民独立师紧紧依靠当地群众，采取多种有效办法，与之进行坚决斗争，保护人民的利益。三是为红军筹集粮食和其他物资。筹粮时多以"马老太爷"的名义，用藏文写通知，派人送到各村镇，要求限期将粮食如数送到指定地点。丹巴藏民独立师筹集的粮食，除了满足本部队的需要，还保证了驻丹巴的红军第九十一师部队的供应。

为了完成上述任务，丹巴藏民独立师抓紧时间进行军政训练，比如练习射击、投弹、队列和构筑工事，学习做群众工作的方法，使得部队的军政素质有明显的提高。

为了动员更多的藏族群众参加革命斗争，马骏首先说服自己的哥哥、弟弟为党和红军做事。父亲马阿交已经60多岁，积极为支援红军而奔走，为红军筹粮100多万斤。

在红军第九十一师围歼丹巴南面后山之敌的战斗中，丹巴藏民独立师主动派出两个连配合阻击。敌人向丹巴藏民独立师固守的阵地猛烈攻击，参战的藏族战士个个奋勇当先，顽强阻敌，配合红军第九十一师全歼了这股敌人。

1936年2月，丹巴藏民独立师在红军的支援和游击队的配合下，兵分两路，攻打丹东土司武装。经过激烈战斗，打垮了反动武装，控制了独狼沟口，保证了丹巴至道孚的通道畅通无阻，为红军主力西进康北（今甘孜州北部地区）做出了贡献。

3月，红军向甘孜转移时，丹巴藏民独立师奉命殿后，负责阻击敌人。红四方面军成立金川军区后，丹巴藏民独立师改番号为金川军区独立二师，仍由马骏任师长。红四方面军专门派出干部，帮助丹巴藏民独立师进行军政训练。为庆祝"五一"国际劳动节，丹巴藏民独立师举行了军事大检阅，表演了骑术、射

击、劈刺等 10 多个项目，鼓舞了士气，在群众中产生了很大的影响。

　　丹巴藏民独立师是人民军队历史上第一支正规编制的藏民军队。在短短几个月的时间里，师长马骏带领独立师转战川西北高原雪山，艰苦作战，为红二、红六军团与红四方面军在甘孜胜利会师创造了条件。

5. 贺龙在滇西藏区

松赞林寺又称归化寺,是云南规模最大的藏传佛教寺院,距香格里拉市区(原中甸县城)约 5 公里。1936 年 5 月,贺龙率部途经松赞林寺,向该寺赠送了一幅上书"兴盛番族"4 个大字的锦幛。这件纪念品,凝结着红军对藏族同胞的深情厚谊,见证了汉藏团结的一段历史佳话。

松赞林寺

云南中甸县（今迪庆藏族自治州香格里拉市），是红二、红六军团长征进入藏区的第一站。1936 年 4 月底，红二、红六军团在贺龙、任弼时等人率领下，渡过金沙江北上抗日，途经中甸县 7 个乡镇，在境内行程 405 公里，历经 2 次战斗，翻越 3 座雪山，停留休整 19 天。红军在这里播撒下了民族团结的种子。

红军到来之前，藏族群众由于听信了国民党散布的抹黑红军的谣言，大多逃到了山里。为此，红军严格执行党的民族宗教政策，宁肯忍着饥饿宿营于寒冷的野外，也绝不打扰藏族人民的生活。

善良的藏族群众感受到"红军是好人和朋友"，渐渐都回到居住地。他们拿出家里的青稞、酥油、牛肉干送到红军营地，红军按照高于市场的价格付给他们银圆。

4 月 30 日，红二军团到达中甸县城。一方面，张贴《中华苏维埃人民共和国中央革命军事委员会湘鄂川黔滇康分会布告》，说明红军是"扶助番民，解除番民痛苦，兴番灭蒋，为番民谋利益"的军队，让当地藏胞知道红军路过的目的。另一方面，宣传红军尊重宗教信仰自由，对寺院和僧侣的生命财产绝不侵犯并负责保护，希望僧侣和民众不要轻信谣言，照常生产生活，帮助红军筹集粮秣，红军照价支付钱款。

那时的中甸县全民信教，松赞林寺拥有很高的地位。党和红军的民族宗教政策赢得了藏族同胞的支持，也消除了寺里喇

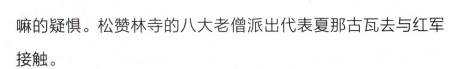

嘛的疑惧。松赞林寺的八大老僧派出代表夏那古瓦去与红军接触。

得知八大老僧派人来接洽，贺龙十分高兴，把他们视为最尊贵的客人，亲自到门口迎接。贺龙告诉夏那古瓦，红军在中甸只是路过，稍事休整和筹粮后，就向德荣、乡城进发；红军是共产党领导的部队，尊重爱护各少数民族兄弟，尊重各民族的风俗习惯，保护寺院，保护僧侣生命财产不受侵犯。

贺龙将一封致八大老僧的亲笔信交于夏那古瓦代转。信中写道："红军允许人民宗教信仰自由，因此对贵喇嘛寺所有僧侣生命财产绝不加以侵犯，并负责保护。"

5月1日，夏那古瓦再次受松赞林寺委派，手捧洁白的哈达，带着青稞、酥油、糌粑和16头牦牛，来到红军指挥部慰问红军，并邀请贺龙等将领莅临寺院观光。

5月2日是个晴朗的日子。贺龙一行40余人应邀前往松赞林寺做客。身穿绛红色袈裟的喇嘛们早已在寺院大门口列队迎接。贺龙下马走到喇嘛们中间，双手合十，用藏族礼仪祝福他们吉祥如意。寺院破例举行了只有每年冬月庆祝丰收、祈祷吉祥如意时才举行的"跳神"仪式，八人老僧和数十名高僧将贺龙一行迎入佛厅。

落座后，贺龙再次宣传党的政策和北上抗日主张，阐述了红军的政策和宗旨。他说，红军是中国共产党领导的队伍，其

宗旨就是要解放全中国，使各族人民都过上幸福美满的日子。虽然到了藏区，但红军坚决贯彻党中央的民族宗教信仰自由的政策，尊重各民族风俗习惯，一定会保护寺院和僧侣的生命财产不受侵犯。

听闻这席话，八大老僧疑虑恐惧全消，个个面露笑容。有人直言，此前是误听了国民党的宣传，对红军产生恐惧心理。现在才知道，红军是番民可敬可信的朋友！"贵军有什么需要帮助，我寺定当效劳！"

贺龙将书写"兴盛番族"的一幅红色横幅锦幛，还有一对精美的大瓷花瓶等礼物赠给松赞林寺，表示对藏族人民诚挚的祝福。八大老僧也拿出了视为高贵礼品的爪格达（藏语，用皮精制而成的外出时装食物用品的褡裢）和一对银嵌木碗，送给贺龙，并赠送红军食盐1驮、茶叶2驮、红糖2驮、肉3驮。

松赞林寺的喇嘛们感受到了贺龙和红军的真诚，也看到红军纪律严明、尊重宗教事务、毫不扰民，表示愿为红军在当地的活动提供方便。

5月3日，松赞林寺打开寺庙的3个仓库，将3万余公斤青稞和一批牦牛肉、粉丝、红糖等食物出售给红军。

在贺龙、任弼时的主持下，红军在中甸县城中心镇公堂召开党的活动分子会议，史称"中甸会议"。会议确立了7项政治纪律，包括严禁进驻喇嘛寺、藏民不在家不准进屋、藏民地区不

打土豪等。

红军在中甸的短短 10 余天，让藏区人民充分了解党的民族宗教政策，感受到了民族平等的温暖。红军和藏族人民之间由陌生到熟悉，县城里的商家、富户和很多普通藏族群众，看到寺院的动向，也纷纷拿出自己的存货。在寺院和藏族群众的帮助下，红军两天内在中甸筹粮 10 多万公斤，为翻越雪山北上提供了物资支援。

6. 三过单家集

　　单家集陕义堂清真大寺位于宁夏固原市西吉县兴隆镇（原属静宁县）的单家集单南村。单家集由单南村和单北村两个行政村组成，因单姓居多和集市贸易规模较大而得名。1935年8月至1936年10月，长征中的多路红军前后共三次经过单家集，留下了许多"军民鱼水情，回汉一家亲"的佳话。

单家集陕义堂清真大寺

1935 年 8 月 15 日，为策应主力红军北上行动，红二十五军 3000 多人在军长程子华、政委吴焕先、副军长徐海东率领下，进入静宁县以北的兴隆镇单家集回民聚居地。

吴焕先结合当地回族的宗教信仰和风俗习惯，特别规定了在回民区必须坚决执行的"三大禁令、四项注意"：禁止红军部队驻扎清真寺，禁止打回族中的土豪，禁止在回民地区吃大荤；注意尊重回族人民的风俗习惯，注意使用回民水桶在井里打水，注意回避回族青年妇女，注意实行公买公卖。此军令一出，很快就赢得了回民的好感。

为了不扰民，争取回族群众的信任，红二十五军指战员晚上进村不敲门、不进院，睡在街道边或屋檐下。

8 月 16 日，吴焕先邀请当地的知名人士、阿訇座谈，宣传党的抗日救国主张及红军的政策和纪律，并申明红军到此地只是稍事休整，不征粮要款，不拉夫抓丁，以消除回族群众的思想顾虑。随后，红二十五军领导人带着军乐队，热情隆重地拜访清真寺的阿訇，并赠送了绣有"回汉兄弟亲如一家"的锦缎匾和 6 个大元宝、6 只大肥羊等礼品。

清真寺的阿訇看到红军如此尊重回民，十分激动。他们按照回族礼节宴请了红二十五军领导人，并赶着一群染成红色的肥羊，送到军部回拜和慰问红军指战员。

军民互尊互敬，扩大了党和红军在回民中的影响，密切了

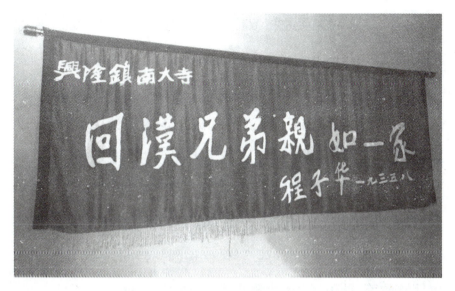

红二十五军送给单家集清真寺的锦缎匾（复制品）

红军和回族群众的关系。几名回族青年当即参加了红军。

红二十五军在回民区行军作战的同时，积极做好群众工作。红军临走时，群众齐聚街头，在街道两旁设香案，摆上回民的传统食品馓子、油香馍、油果等，为红军送行。

红二十五军在单家集与群众打成一片，赢得了群众的拥护和爱戴，为红一方面军的到来打下了良好的群众基础。

10月5日，中央红军（红一方面军主力，时称陕甘支队）7000余人分两路进入今宁夏西吉县境，受到了当地群众的热烈欢迎。傍晚时分，毛泽东率部来到单家集。

毛泽东进村后，顾不上行军劳累，先到单南陕义堂清真寺拜访阿訇马德海等知名人士。马德海代表当地回民向毛泽东

等人致以最诚挚的欢迎和敬意，并陪同毛泽东等人参观清真寺的主体建筑。

在寺内北厢房的土炕上，毛泽东与马德海等宗教人士促膝长谈，共叙军民情谊，了解当地的风土人情。谈话间，已过晚饭时间，马德海盛情邀请毛泽东等人在寺中就餐，按当地回民待客的最高规格，在土炕一边的方桌上摆了以牛羊肉为主食的"九碗席"。吃饭间和饭后，毛泽东又特别讲了党和红军尊重回族群众的风俗习惯、保护清真寺、保护回文经典、主张民族平等的民族政策，留下了"单家集夜话"的故事。

阿訇们吩咐村民们给红军腾出房子，粮食也按市价卖给红军。此时，红军指战员们早已放下背包，有的拿起扫帚打扫街

毛泽东会见阿訇旧址

道院落,有的帮助群众劈柴担水,有的热情地向群众宣传共产党和红军北上抗日的政策。

深秋的六盘山山区寒气逼人。当晚,大部分红军指战员露宿于街道两旁的屋檐下,这让村民们深受感动,有的把自家的棉袄、毛毡拿出来盖在红军战士的身上,有的生起了柴火为红军战士驱寒。

清真寺旁边有一棵茂盛的大榆树,树荫下就是回族农民张春德家。当晚,毛泽东住宿在张家的西厢房。天气很凉,村民习惯烧热土炕御寒,张春德担心毛泽东睡不惯土炕,卸了门板铺在上面,再垫上一块羊毛毡。

第二天,当红军列队走出村庄时,闻讯赶来的群众端着茶水、糕饼为红军送行。毛泽东与在场的阿訇、长者一一握手告别,边走边回过头来向群众招手致意。

中央红军在单家集虽然只停留一天,但进一步升华了军民关系和民族团结,为一年后红一、红二方面军在将台堡会师奠定了基础。

1936 年 9 月,为迎接红二、红四方面军北上,保证三大主力会师的左翼安全,以彭德怀为司令员兼政委的西方野战军派出红一师陈赓、杨勇部和红一军团直属骑兵团组成特别支队,由军团政委聂荣臻率领直插静宁、隆德地区。9 月 9 日,特别支队出发,经数次战斗后于 14 日占领将台堡(今属西吉县),其

先头部队到达兴隆镇、单家集一带，在单家集驻扎了 40 多天。

　　红军协助当地群众建立革命政权，在单家集建立了中共静宁县委员会（单家集时属静宁县），下设单家集等 10 个区苏维埃政府和农民协会，以及 35 个乡苏维埃政府和农民协会。在单家集还成立了单家集回民自治政府，这是西吉县境内的第一个红色政权。单南清真寺、单北清真寺成为回族群众革命活动的中心，积极为红军筹粮备款，群众亲切地称单北清真寺为"粮台"。

第四章　开创新局

　　党和红军以无所畏惧的伟大实践精神,以浴火重生的伟大创造精神,在血与火中蹚出了一条走向新生、走向胜利的革命道路,开启了中国共产党为实现民族独立、人民解放而斗争的新的伟大进军。

1. 最后险关腊子口

腊子口战役纪念碑建在腊子口南侧的一块空地上，碑高9.16米。腊子口在藏语中意为"险绝的山道峡口"，位于甘肃甘南藏族自治州迭部县东北，是迭部通往汉族地区的重要交通要道。1935年9月，红军长征途经腊子口，与凭借天险阻截红军北上的国民党军队展开了激烈的战斗，打开了进入陕甘根据地的通途。

腊子口战役纪念碑

1935 年 8 月底,中央红军主力部队走过草地,渡过白龙江,又走过一条十分险要的栈道,于 9 月中旬来到岷山脚下的腊子口。

　　腊子口是一个重要的隘口,是四川通向甘肃的天然门户,历来是兵家必争之地。腊子口周围是崇山峻岭,东西两侧都是 100 多米高的陡峭石崖,如刀劈斧削一般。腊子河从峡口奔涌而出,河上有一座木桥,是通过腊子口的唯一通道。甘肃军阀鲁大昌在木桥的山口处布置了两个营的兵力,并在桥上筑有坚固的碉堡。桥西是纵深阵地,桥东山坡上筑满了三角形碉堡。在腊子口后面,还设有军备仓库,里面囤积着大批粮食、弹药。在岷州城内驻扎着随时可以增援腊子口的主力部队。

腊子口

为了攻占腊子口，红一军团第二师第四团在一个茂密的树林里召开连以上干部会议。团政委杨成武对干部们说："我们左边有杨土司的两万多骑兵，右边有胡宗南的主力部队，我们北上抗日的道路只有腊子口这一条……乌江、大渡河都没能挡住我们红军前进，雪山、草地我们也走过来了，难道我们能让腊子口给挡住吗？"

"坚决拿下腊子口！""刀山火海也挡不住我们！"大家情绪高昂，雷鸣般地回答。

会上分配了战斗任务，由第二营第六连担任主攻。

黄昏时分，夜幕开始笼罩山谷。夺取腊子口的战斗打响了，一排排子弹在敌人的阵地上飞溅；一颗颗手榴弹在敌人的工事前爆炸，打得敌人龟缩在工事里不敢伸头。第一排排长带领 30 多名战士趁机移动到桥边待命冲锋。但第六连的机枪一停，敌人就从工事里出来，利用有利地形向冲锋的红军指战员扫射。这样，第六连的几次冲锋都没有成功，反而伤亡了 10 多名战士。

看来正面硬冲，伤亡势必很大。红军决定改变进攻方法，一面以少数兵力不停地向敌人轮番进攻，伺机夺桥；一面派两个连迂回到敌人的背后，配合正面进攻，给敌人出其不意的打击。15 名战士组成了 3 个突击小组。他们每个人配有短枪 1 支，子弹 100 余发，身挂手榴弹，背插大刀。突击小组兵分两路，第一小组攀着桥柱移动到对岸,第二、三小组移动到桥边,等第一小组打响后,两面夹击,消灭桥上敌人,夺取木桥。

夜深了,漆黑得伸手不见五指。敌人以为红军白天进攻受挫,不敢再进攻了,就都缩进工事里休息。红军第一小组开始悄悄向对岸移动,勇士们攀着桥柱往前摸,刚摸到桥的中央,只听咔嚓一声,不知谁抓的木头断了,一个红军战士掉到了河里。敌人听见响声,机枪、手榴弹朝桥底下乱射乱扔。另外两个小组则趁敌人往桥下射击的机会,迅速冲到桥边,向敌人扔去一排手榴弹,接着冲进敌人构筑在桥头的工事。敌人根本没有提防到这一手,顿时慌了手脚,乱作一团,第一小组也从桥下纷纷翻上桥面,拔出大刀和敌人拼杀起来。

负责迂回的两个连来到腊子口右边的石壁下,准备攀登陡峭的崖壁,摸到敌人的背后去进行突袭。可是这崖壁像刀切的一样,怎么上得去呢?这时,队伍里站出一个在云贵川边界参加红军的小战士,大家习惯称呼他为"云贵川"。他说:"我先上!"说完就抓着石壁向上爬去,好几次险些摔下来。他用力抓住一些树枝杂草,不慌不忙,终于爬到了山顶。

"云贵川"爬上山顶以后,按照事先商量好的方法,把全连指战员的绑带接在一起做成绳梯。指战员们一个个拉住绑带向上攀登。荆棘划破了脸,他们没有察觉;绑带勒破了手,他们没有停住。经过艰难攀登,两个连的指战员都到了山顶,直插

敌人的背后。

当正面强攻的桥上战斗正酣时，突然从敌人背后的山上升起了一颗白色信号弹，这是两个连迂回成功的信号。

接着，"腾、腾、腾"连着 3 颗红色信号弹升起，这是发起总攻的信号。

顿时，冲锋号声伴着战士们的呐喊声，震荡山谷，轻重机枪、迫击炮一齐射向敌群。守桥的敌人实在抵挡不住了，丢下枪支弹药仓皇逃命。

这时天已拂晓，第六连乘胜追击，直杀到敌人的营房、仓库，占领了腊子口的纵深阵地。至此，天险腊子口终于掌握在红军的手中。

突破腊子口，成为军事史上以弱胜强、出奇制胜的著名战役。英勇善战的红军采用正面强攻与攀登悬崖迂回包抄的战术，经过两天的激烈战斗，打开了由四川进入甘肃的门户。

2.哈达铺一张报纸定方向

哈达铺位于甘肃宕昌县西北部，是红军长征经过的重要集镇。一条大约1200米长的红军街，基本保留了长征时期的原貌，有"义和昌"药铺、关帝庙、邮政代办所、张家大院等旧址。1935年9月，从哈达铺获取的一张报纸，使长征中的红军确定了方向和落脚点，给广大指战员们增添了力量。

哈达铺邮政代办所旧址

1935 年 9 月 17 日，中央红军突破了天险腊子口。前锋侦察警戒部队的活动地区突然增大，一直延伸到甘南重镇——岷县。

这时，一道口令传到红一军团直属侦察连，要连长梁兴初和政治指导员曹德连到总指挥部去接受任务。这可是一个激动人心的事，梁连长和曹指导员跑步来到总指挥部，向左权参谋长报告并请示任务。

左权指示梁兴初、曹德连："你们连立即出发进到哈达铺，具体任务是侦察敌情，筹集粮食和物资。"毛泽东也在场，他说："我补充一点，指导员你注意，给我找点'精神食粮'来。国民党的报纸、杂志只要近期和比较近期的，各种都给搞几份来。"

梁兴初、曹德连接受任务后回到连队，立即召开了支部联席会，传达了任务，研究了分工。连长负责筹集粮食等物资，副连长负责侦察和警戒，指导员则负责收集国民党的各种报纸和杂志。

侦察连的驻地距哈达铺有 30 多里的路程。侦察连指战员换上了国民党中央军的军服，梁兴初装扮成中校军官，于当天下午 4 时许出发，天黑时分到达了哈达铺。

哈达铺的敌人确实把他们当成了国民党中央军，哈达铺的镇长、国民党镇党部书记和保安队长等都出来迎接。国民党驻岷县鲁大昌师的一个少校副官，刚从省城兰州回来，带着几个

驮子，有书籍、报纸等，也过来看热闹。这时，梁兴初命令镇长等人赶快派人去催粮草等物资，说是明天有一个军到此有急用。副连长布置好警戒，就询问那个少校副官有关军情。曹德连带一部分人到了邮局，从那个少校副官所带的驮子里找到了一批近期报纸，其中有一张报纸登载了陕北红军的消息，并附有陕北根据地的略图。

为了能让毛泽东尽早看到这一好消息，并供军团首长及时了解敌情，梁兴初和曹德连商量决定，将搜集到的报纸和俘虏的那个少校副官连夜送往军团指挥部。

聂荣臻接到这一报纸后非常重视，立即派骑兵通信员把这张报纸送交毛泽东。毛泽东看了报纸，笑容满面地说："好了！好了！我们快到陕北根据地了。"

红军进驻哈达铺后，在关帝庙召开团以上干部大会。毛泽东出席会议并作行动方针与任务的报告，他首先向大家宣布说，感谢国民党的报纸，为我们提供了陕北红军比较详细的消息：那里不但有刘志丹的红军，还有徐海东的红军，还有根据地。他还指出，民族的危机在一天天加深，我们必须继续行动，完成北上抗日的原定计划。首先要到陕北去，那里有刘志丹的红军。从这里到刘志丹创建的陕北根据地不过七八百里的路程。大家要振奋精神，继续北上。

哈达铺关帝庙

毛泽东的讲话鼓舞人心,会场上掌声雷动。

9月22日,张闻天写了一篇题为《发展着的陕甘苏维埃革命运动》的文章,后发表于红军陕甘支队前敌委员会和政治部合编的《前进报》,文中大段援引了当时天津《大公报》中提到的"陕西苏维埃革命运动"重要内容,将报纸上所披露的红军在陕甘的活动和陕北革命根据地的情况进行了详细摘录和分析,并在此基础上透露了中共中央率领红军陕甘支队将落脚陕北的意向。

红军在哈达铺休整期间,为适应形势的需要,中央红军主力正式宣布改编为中国工农红军陕甘支队,下辖3个纵队。9

133

月 23 日，中国工农红军陕甘支队向陕北进军。陕北由此即将成为中国革命的圣地，中国共产党领导的革命斗争又展开一个新的局面。

3. 红旗漫卷六盘山

六盘山红军长征纪念碑坐落于宁夏固原市隆德县城东侧六盘山主峰之上,碑高 26.8 米。六盘山是一个狭长的山脉,是渭河与泾河的分水岭,其山路曲折险窄,须经六重盘道才能到达顶峰,因此得名。这是中央红军长征翻越的最后一座山,过了这座山,就是陕甘革命根据地。

六盘山红军长征纪念碑

"天高云淡，望断南飞雁。不到长城非好汉，屈指行程二万。六盘山上高峰，红旗漫卷西风，今日长缨在手，何时缚住苍龙？"这是毛泽东所作的诗词《清平乐·六盘山》。

1935年10月7日凌晨，中央红军主力部队沿小路急进，攀登海拔近3000米的六盘山。

中午时分，红军先头部队行进到离固原不远的地方，忽然看见右边由泾源到固原的公路上尘土飞扬，黑压压的一队骑兵正朝红军前进的路上拥来。红军立即派了几名侦察员前去侦察。不一会儿，侦察员报告说，这是敌人的一支骑兵部队，大约有500匹马，20多辆马车，正在前面一个叫青石嘴的村子休息，有的还卸了马鞍。这群敌人如此毫无战斗准备，肯定是因

六盘山

为他们没有想到红军会这么迅速地到达固原地区。

聂荣臻、左权等人接到报告后,赶上前来,在山上用望远镜把村庄里的敌人看得一清二楚。果然见敌人把马鞍卸在地上,马散放在路边吃草,只留下少数人看守。几个敌兵正四下里乱窜,抓鸡宰羊。村里的烟筒都在冒烟,说明这群敌人在抢老百姓的东西做午饭吃。他们根本不知道红军已经来到他们的跟前。经过进一步侦察得知,山下青石嘴的骑兵是国民党何柱国骑兵军第七师第十三团的两个连。

红军前卫部队派人来报告毛泽东,说青石嘴有敌情。毛泽东和张闻天等人立刻来到山头上,聂荣臻等人正隐蔽在一块大岩石下,透过石缝向山下观察。他们见毛泽东来了,立即简要汇报了情况。毛泽东接过望远镜观察山下的村庄,笑道:"呵!他们还真够大方的,把马鞍子先卸下来准备送给我们……把各大队领导干部召集来,研究一下集中兵力打骑兵的战法,消灭这股敌人。"

几个通信员立刻分头去通知各大队的大队长和政委到这里开会。

不 会儿,第 、第四、第五大队接到毛泽东的命令后,先后飞快地来到这个小山头上接受战斗任务。

毛泽东站在山坡上的隐蔽处,亲自部署兵力。他用手中的一根木棍指着山下,说:"隘口下的小村庄叫青石嘴,这是我们北上的必经之路。据侦察员报告，这股敌人是东北军骑兵第七师的两个连，有几百匹马。我们一定要搬开这块拦路石！第四大队由正面进行突击，第一、第五大队从两侧迂回兜击。"

红军各大队受命后，迅速组成战斗分队，利用河沟、草丛作掩护，分路隐蔽接近敌人。在距敌几百米的地方，红军集中轻重机枪，突然开火，打得吃过饭后正在休息的敌骑兵一个个晕头转向，马嘶人叫，乱作一团。

"注意不要伤着了马，先打上马的！"红军指挥员们喊道。

刚跨上马的敌人，目标明显，顿时成了红军战士射击的目标。这些人上马速度快，落马速度也快，还没等坐稳，就被打落下马。

红军很快就把这两个连的骑兵打得溃不成军，缴获战马100余匹以及一批军用物资。半个月后，红军各部队将战斗中缴获的国民党军骑兵的战马，连同在固原战斗中俘虏的东北军骑兵补充到侦察连。毛泽东称赞说："北方平原多，骑兵作用大。你

青石嘴战斗纪念碑

们可谓是'晓战随金鼓，宵眠抱玉鞍'了。我们有了自己的骑兵！这很好，很好！"这支由毛泽东亲手组建于六盘山下陇东的红军骑兵部队，后扩编为晋察冀军区骑兵团，威震一方。

4. 吴起镇"切尾巴"

　　中央红军长征胜利纪念碑坐落于陕西吴起县胜利山脚下，碑高为 19.35 米，碑顶是中央红军与陕北红军会师的雕像。胜利山原名平台山，因 1935 年 10 月毛泽东率中国工农红军到达陕北吴起镇时，在此山上指挥了"切尾巴"战役，取得了胜利，故而改名。吴起镇也因成为中央红军长征的落脚点而名扬天下。

中央红军长征胜利纪念碑

　　1935年秋高气爽的时节，中央红军历尽千难万险，终于来到了陕北高原。10月19日，毛泽东率领红军大队进入陕北吴起镇。长征以来，红军指战员做梦都想找一个落脚点，现在总算有了一个安身之地。各部队开始把伤兵安置在后方，长征以来的这个大问题现在迎刃而解。

　　这时，宁夏二马（即马鸿逵、马鸿宾）和国民党军毛炳文的骑兵紧追在红军的后边不放。一些行军掉队的红军战士惨遭敌骑兵杀害。红军第一纵队节节抗击着敌骑兵的进攻，掩护大部队北进。

　　因此，毛泽东断然决定打一仗，把尾随的敌骑兵打掉。毛泽东对周恩来说道："后面的敌人，不能让他再跟着我们了。把蒋介石的追兵一直带进陕北苏区，这不好。那样对我们就不利了，我们会时时处于被动，这不行！我们要拒'客'于门前，把这条尾巴斩断在陕北根据地之外。"毛泽东要聂荣臻先到前面去看看情况，估计能打赢的把握究竟有多大，视情况再决定采取何种打法。

　　傍晚时分，聂荣臻向毛泽东汇报说："我看我们完全可以出击。敌人的骑兵也就是2000人，别看他们在马上气势汹汹，真正打起来，就不行了。他们一定要下马和我们作战，还要招呼马匹，战斗力就会下降。"毛泽东认为，吴起镇沟壑纵横的地形，敌骑兵肯定占不到便宜。

吴起镇战场沟壑纵横的复杂地形

次日下午，毛泽东、周恩来、彭德怀、聂荣臻、左权等人站立在吴起镇庙台上，向红军指战员下达作战命令。毛泽东亲自作战斗动员报告。

10月21日，在司令员彭德怀的统一指挥下，红军第二纵队在左翼，第一纵队在正面，向吴起镇西北方向的国民党军骑兵出击。

情况正如聂荣臻估计的那样，气势汹汹的国民党军骑兵遇上红军的排枪时，冲在前面的骑兵纷纷落地，后面的骑兵哪还敢再在马背上骑着，赶紧下马提枪作战。这一手提枪、一手牵马的攻击行动，显然很难协调。没几个回合，国民党军骑兵就伤亡惨重。

敌骑兵再次上马冲杀过来，红军阵地上的所有火力一起向敌人开火。

两军交火的距离太近了，骑兵的速度不同于步兵，没有落马的国民党军骑兵眨眼间就飞马进入红军的战壕。这样的紧急情况虽然不多，但红军也为此付出了不小的代价。

在激烈的战斗中，彭德怀始终亲临前线指挥。他沉着冷静地命令各部队采用刺猬的御敌战术，注意形成"球形"阵法，而不能用"线式"阵法对付骑兵。彭德怀的这一招很灵，冲杀而来的国民党军骑兵一碰上红军的这种阵法，没有跑上几个来回，就被四面飞来的子弹击中。

彭德怀骑马塑像

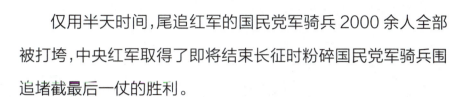

　　仅用半天时间，尾追红军的国民党军骑兵 2000 余人全部被打垮，中央红军取得了即将结束长征时粉碎国民党军骑兵围追堵截最后一仗的胜利。

　　毛泽东得到吴起镇大捷的消息后，兴奋地说："好哇！我们的彭大将军，又立了一大功！"他信手铺开纸张，即兴写下《给彭德怀同志》六言诗一首："山高路远坑深，大军纵横驰奔。谁敢横刀立马？唯我彭大将军！"

　　彭德怀收到毛泽东的赠诗后将最后一句改为"唯找英勇红军"，并将原诗退还给毛泽东。毛泽东看后不胜欣喜："如此改诗，更显大将风度。英勇红军必无敌于天下！"

5. 永坪会师

　　永坪会师雕像位于陕西延川县永坪镇中心的会师广场，以工农红军旗帜为背景，生动展现了当年会师的场景。1935 年 9 月，红二十五军北上到达永坪镇，与刘志丹部红军会师，加强了陕甘革命根据地的军事力量，也拉开了三大主力红军到西北会师的序幕，为在这里建立全国革命的大本营奠定了重要基础。

永坪会师雕像

1935年9月9日，红二十五军抵达陕北保安县永宁山（今志丹县境内），并与中共陕甘党组织取得了联系。中共西北工委得知消息后，立即发出了《为欢迎红二十五军北上给各级党部的紧急通知》，要求各级党组织立即动员起来，发动群众欢迎和慰问红二十五军。

高高的山崖上，弯弯的洛河边，传来阵阵悠扬的信天游："一杆杆红旗空中飘，红二十五军上来了。来到陕甘洛河川，劳动百姓好喜欢。"

9月15日晚，红二十五军在游击队的护送下，全军3400余人到达延川县永坪镇，宿营在镇外村庄里。

9月16日，刘志丹率领红二十六军、红二十七军到达永坪镇，准备与红二十五军会师。晨雾中，红军和老百姓都往大道上拥来。山沟岩石上、路边树干上，都挂着"欢迎红二十五军""配合老大哥扩大苏区"等标语。

太阳升起，浓雾消散。两名交通员骑着战马气喘吁吁赶了回来："红二十五军到啦！正在前边庄上整理队伍！"迎接的队伍立刻热闹起来。

人道上出现了一杆迎风招展的红旗，后边是黑压压看不到头的队伍。顿时，河道里响起锣鼓声、歌声和口号声。正在田里干活的老乡们，听到锣鼓声，也扛着锄头赶了过来。

在一片热烈的欢迎声中，徐海东走在队伍的最前面。他身

着青色军装，八角军帽上的五角星格外鲜艳。他一边走，一边挥手向夹道欢迎的陕北红军部队和群众问好。

大家目不转睛地看着、称赞着红二十五军指战员，特别是对他们的武器装备十分感兴趣。有人问："你们那一色的马枪、步枪，都是咱红军工厂自己造的吧？"红军战士指着当地游击队员手中的红缨枪，回答道："不是的，我们原来扛的也和你们一样。现在的枪都是从敌人手里夺来的。"

红二十五军分别驻扎在永坪镇附近的村庄，驻地群众积极响应各级苏维埃政府的号召，送粮送菜，杀猪宰羊，慰劳红军，并组织青年担柴挑水，妇女洗衣补袜。红军指战员把打土豪得来的花布、丝线赠送给群众。

9月17日，红二十五军和陕北红军领导人举行联席会议。为了建立统一领导和作战指挥，宣布由中共西北工委和鄂豫陕省委联合组成陕甘晋省委，将陕北红军和红二十五军合编为红十五军团。徐海东任军团长，程子华任政委，刘志丹任副军团长兼参谋长。全军团共7600余人。

9月18日，红军在永坪镇举行了盛大的军民联欢大会，庆祝胜利会师和纪念九一八事变4周年。会场上红旗招展，主席台的两旁贴着两条特别大的标语："两军亲密团结，携手作战！""迎接中央，迎接毛主席！"

会场中间用石灰画了一条粗白线，左边坐着红二十五军，右边坐着陕北红军。

方圆几十里的群众都赶来参加大会,当他们看到红二十五军的队列前摆放了那么多机枪后,露出高兴而惊讶的神态。

会上,徐海东、刘志丹等人先后讲话,祝贺南北红军胜利大会师,号召全体军民互相学习,加强团结,粉碎敌人对陕甘根据地的第三次"围剿",为巩固和扩大陕甘革命根据地而奋斗。

红二十五军装备精良,带来许多枪支。刘志丹在台上讲道:"现在需要更多人来背它们,只要不断壮大红军,办区就能巩固。"这么一说,台下的一些年轻人大声喊道:"我愿背!我来当红军。"当场就有很多人报名参军。会后,陕北各地掀起参军热潮,红十五军团迅速发展。

红二十五军指战员的衣服都很单薄,中共西北工委及各地苏维埃政府组织周边各个区县的妇女,赶制棉鞋棉衣。在不到20天的时间里,为红二十五军赶制出了5000双棉鞋和5000套棉衣。徐海东感慨地说:"来到陕北苏区,我们就好像到了家一样。"

红十五军团成立后,先后发起劳山战役和榆林桥战役,歼灭国民党军第一一〇师和东北军第一〇七师主力,扩大了陕甘革命根据地。这两次战役,使党中央和中央红军到达陕北后就有根据地落脚。

中央红军到达陕北后,徐海东下令从军中积蓄的7000银

圆中拿出 5000 银圆支持中央红军,还送了大量驳壳枪和许多重要物资。

　　永坪会师,为中央红军长征到达陕北提供了重要保障,更为之后的红一、红二、红四方面军会师奠定了坚实的基础,陕北这块根据地成为各路红军的落脚点和出发点。毛泽东高度评价说:红二十五军后于中央红军出发,却先期到达陕北,其所起的作用是"中央红军之向导",红二十五军的远征"为革命立了大功"。

6. 直罗镇 "斗牛"

　　直罗战役革命烈士陵园坐落于陕西富县直罗镇柏山寺山脚下。陵园中，一块块黑色碑石静默无言，在直罗镇战役中牺牲的红军战士们就长眠于此。1935 年 11 月，中央红军刚到陕北，即联手红十五军团，在直罗镇与国民党东北军展开激战，彻底粉碎了敌军"围剿"，对建立抗日民族统一战线产生了重大影响，此役被称为"奠基礼"之战。

直罗战役革命烈士陵园

中央红军与陕北红军会师后的突然大发展,使蒋介石坐卧不安。1935 年 11 月初,蒋介石命令东北军组织 5 个师,向陕北革命根据地进攻,企图合围红军于葫芦河与洛河之间地区而后加以歼灭。

站立在作战地图前的毛泽东,紧紧盯住国民党军队的动向。然后,他把红色铅笔圈划在国民党东北军第一〇九师和第一〇六师的头上,地图上的歼灭地点就是直罗镇。

"伤其十指,不如断其一指。粉碎敌人要靠歼灭战,要靠枪杆子挫败敌人的阴谋,陕北根据地才能巩固。"毛泽东说。

红一军团由毛泽东、周恩来指挥从北向南打,红十五军团由彭德怀指挥由南向北打,对国民党军队形成了两面夹击的态势。

11 月 19 日,即直罗镇战役发起前两天,毛泽东组织红一军团和红十五军团团以上干部在张村驿西端的川口子会合后,来到直罗镇西南面的小山头上察看地形,研究具体部署。

毛泽东挥舞着手中的木棍,指着直罗镇附近的山川村镇,谈笑风生。他问陈赓:"在上海,你见过西班牙斗牛士的表演吗?"

"见过,惊险而精彩!"陈赓回答道。

"那好,现在你就是红军的斗牛士,先把你们十三团的红旗舞起来吧!"毛泽东对陈赓布置任务。

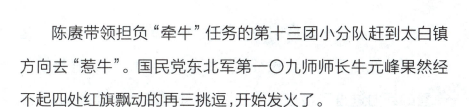

陈赓带领担负"牵牛"任务的第十三团小分队赶到太白镇方向去"惹牛"。国民党东北军第一〇九师师长牛元峰果然经不起四处红旗飘动的再三挑逗,开始发火了。

红军"斗牛士"挥舞红旗在前,"牛"怒气冲冲跟随在后,一头猛向直罗镇撞来。

11月20日下午,国民党军队在红军小部队的节节抗击引诱下,进了直罗镇。先开进直罗镇的是国民党军第一〇九师的3个团和第———师的1个团,后面的第一〇六师开到黑水寺附近,就不敢再向前走了。于是,第一〇九师就成为红军选定先歼灭的对象。

毛泽东见已是火候,下达了预击命令。根据毛泽东的部署,各部队乘夜色迅速包围了直罗镇。

11月21日拂晓,红军完成了直罗镇战役的全部部署。几路红军迅速占领了直罗镇周围的山头,控制住所有制高点,镇周围的敌军全部被压到了山沟底。红军立即缩小包围圈,从南北两侧山头向镇中冲下去。

打到接近中午,红二师首先攻入直罗镇。红十五军团将敌军设在南面山上的阵地突破。敌军像一群无头的苍蝇,从东窜到西,又从西窜到东。

直罗镇内外,两军激战在一起。几架敌机在天空中来回低飞,却难以寻找缝隙,分辨清敌我,把炸弹投下去。

红军胜利攻占直罗镇中的国民党军师部。牛元峰到了这时才后悔低估了刚经过长征的红军的战斗力。他只好带领一个营的兵力逃进了镇东头的土围子，凭借寨墙继续顽抗，等待救援。

11月23日深夜，牛元峰率残部突围。红军第七十五师发现敌人逃窜后，一路穷追猛打，于24日上午将牛元峰残部全部消灭。

此役，红军先后歼灭国民党军1个师、1个团，击毙师长牛元峰以下1000余人，俘获5000余人，缴获枪3500余支、迫击炮8门、子弹22万发、电台2部、战马300匹以及其他军用物资。

到此时，国民党军第一〇九师的两个团和师直属队已被全部围歼，无一漏网。红军回头北进，再消灭黑水寺的国民党军第一〇六师。

毛泽东指示聂荣臻："这个一〇六师师长沈克过去与我们有联系，你们在打了胜仗后要释放几个俘虏军官，让他们捎话给他们的上司，只要东北军同意反蒋抗日，与红军停战，我们现在俘获的人和枪，可如数归还。"根据毛泽东的指示，经过教育的被俘官兵被释放回去了。这对以后争取东北军建立抗日民族统一战线起到了很好的推进作用。

11月30日，毛泽东在红一方面军营以上干部大会上，对直罗镇战役进行了总结。他说:"长征一结束,新局面就开始。直罗镇一仗,中央红军同西北红军兄弟般的团结,粉碎了蒋介石向着陕甘边区的'围剿',给党中央把全国革命大本营放在西北的任务,举行了一个奠基礼。"

7. 三大主力会师

中国工农红军第一、二、四方面军会师纪念塔（简称会师塔）位于甘肃会宁县会师镇，塔高 28.78 米，共 11 层，下面 9 层三塔环抱，上面 2 层合在一起，象征着"九九归一，三军统一"。1936年 10 月，红一、红二、红四方面军，先后在会宁城和将台堡两地会师，史称"红军三大主力会师"，又称"三军大会师"。

会宁会师塔

1936 年夏，红一方面军东征胜利回师陕北后，中共中央审时度势，作出了三大主力红军会合的战略决策。5 月中旬，红一方面军主力改编为西方野战军，由司令员兼政治委员彭德怀率领，挥师西征，向陕甘宁三省边界进军。红军西征的主要任务之一就是迎接红二、红四方面军（红二方面军时为红二、红六军团），实现红军三大主力会师。

7 月，红二、红四方面军广大指战员在与张国焘分裂党和红军的错误不断斗争的同时，强烈要求北上与党中央会合，张国焘在分裂活动不得人心的情况下，被迫取消其非法另立的"中央"，并同意北上。红二、红四方面军开始共同北上，形成了与党中央和红一方面军会师的有利态势。

党中央对北上的红二、红四方面军极为关怀，电讯往来不断，询问和指示两军的行动，并令红一方面军做好一切迎接工作，同时派两个特别支队南下，先后攻占了会宁城、隆德的将台堡等地，以迎接红二、红四方面军。

秋高气爽的大西北，古老的会宁城披上了节日的盛装，五颜六色的标语贴满了大街小巷，鲜艳的红旗在城头迎风飘扬。城内街道上插满了红旗，还专门为即将到来的会师搭起了高大的彩门。

10 月 9 日，朱德、徐向前等人率红军总部及红四方面军总指挥部到达会宁城。

"来了！来了！"站在城头上的红一方面军战士惊喜地大喊道。随着阵阵欢呼声、鞭炮声、锣鼓声，红一、红四方面军终于在会宁城下会师。整个会宁城沸腾了，到处都是欢歌笑语，洋溢着喜气洋洋的气氛。

为避免敌机轰炸，次日傍晚，在会宁城文庙广场举行了隆重的庆祝红一、红四方面军胜利会师大会。会上，朱德宣读了中共中央、中华苏维埃中央政府和中革军委的《为庆祝一、二、四方面军大会合通电》，徐向前等人作了讲话，随后演出了精彩的文艺节目。

在庆祝会师联欢大会上，红一方面军指战员把早已准备好的毛衣、毛袜、手套等大批慰问品赠给红四方面军战友。两军战友眼含着激动的泪水，抛下肩上的背包，紧紧地拥抱在一起，互致问候话语。掌声、笑声、欢呼声，像一阵阵春雷，响彻会宁上空。

正在北进途中的红二方面军指战员，闻知红一、红四方面军已在会宁会师的消息，心情格外激动，不由自主地加快了行军速度，以求早日分享大会师的欢乐。

10月22日，红二方面军总指挥贺龙、政委任弼时率总指挥部和红二军团到达今宁夏西吉县将台堡（时属甘肃隆德县），同红一方面军第一军团第二师会师。

会师部队在将台堡东侧的广场上举行了规模盛大的联欢

会,欢乐的气氛再一次弥漫在红军指战员的心头。红一方面军还送给红二方面军大批粮食、棉衣、羊皮等重要物资。10月23日,红六军团到达将台堡以南约20公里的兴隆镇,同红一军团第一师会师。

10月24日,中央书记处向共产国际报告说:"三个方面军已完全会合……我们正用大力在三个方面军中进行干部的政治教育,保证整个红军在民族革命战争的新阶段中担负组织者与领导者的责任。"

红一、红二、红四方面军在会宁和将台堡胜利会师,标志着红军胜利地完成了两年前开始的战略大转移的历史任务。当

将台堡

抗日烽火即将在全国燃起时，主力红军在接近抗日前线的陕北会师，具有重大的历史意义，把中国革命的进程推进到一个崭新的阶段。

8. 山城堡最后一战

　　山城堡战役纪念碑位于甘肃庆阳市环县山城乡凯旋岭，碑高28米，由代表红一、红二、红四方面军联合作战的三个碑体组成，汉白玉浮雕装饰，显得十分壮观。山城堡夹于毛乌素沙漠与黄土高原之间，地形复杂，沟壑纵横，红军在这里完成了长征最后一战。

山城堡战役纪念碑

1936 年 10 月,红军三个方面军刚刚会师,立足未稳,面临着新的危险和极大的生存困难。在红军经过艰苦长征、连续作战、力量大为削弱,又刚到陕甘之际,蒋介石急调 260 个团的兵力,企图一举将红军围歼。

为粉碎国民党军队的进攻,红军一直在捕捉战机,决心与国民党军队胡宗南部进行一次重大决战。毛泽东、周恩来、朱德亲自部署,前线三个方面军的部队则统一听从前敌总指挥彭德怀的命令,相互配合,协同作战。红军计划在宁夏海原、预旺及环县山城乡马掌子山、断马崾岘、哨马营一带歼敌,最后把战场选在了陕甘宁交界处的山城堡。

10 月 21 日,集结于陇中、天水的国民党军队分东、西、南三路向静宁、通渭、会宁的红军围攻。红军总司令部移至环县以北 20 公里的河连湾村,并决定抓住战机在环县境内打一仗。周恩来、朱德、彭德怀、任弼时、萧劲光等人再次共同研究作战详细方案。

面对来势汹汹、十倍于己的敌军,红军只有在局部地区集中兵力,形成优势,才能以最小代价、最快速度寻机歼敌。所以,红军先向打拉池、海原地区退避,然后又向预旺堡、同心城地区转移,敌军紧紧跟踪;红军再向东转移,在莽莽黄土高原的沟壑之间寻求新战机。

这种诱敌深入创造战机的战法,既考验着红军主力会师后

的凝聚力、执行力，也检验着红军将领的战略指挥能力。果然如红军将领所料，骄傲轻敌的敌第七十八师在红军引诱下，一步步踏入埋伏圈。至此，红军拥有以3万余人对敌4000余人的数量优势，并且是以逸待劳，而敌军经过长途跋涉，已是饥困交加。敌我力量对比，在山城堡局部地域发生了根本性逆转，歼敌时机终于出现。

正值冬季，夜间十分寒冷，红军指战员冒着风雪严寒向预定战场集中。山城堡地处干旱地区，饮水有极大困难。敌第七十八师先头部队贪图泉水水源，驻扎在山城堡，没有料到已经陷入红军埋伏圈。与此同时，红军指战员却身着单衣，脚穿草鞋，冻得浑身发抖。他们卧伏隐蔽在冻土上，耐心地等待着发起总攻的号令。

战斗打响后，红军指战员猛然扑入敌阵。敌人凭借优势武器和有利地形负隅顽抗，而红军没有重武器，打得十分艰苦，一度呈胶着状态的战局直到夜晚才发生逆转。红军充分发挥夜战近战优势，借着夜色勇猛穿插，与敌人肉搏拼杀。胡宗南的所谓"精锐"，白天打阵地战还有一套，但在夜战中碰上红军这些"夜老虎"，就像绵羊一样温顺了。

经过一夜激战，11月22日上午，山城堡战役胜利结束，歼灭敌第七十八师的一个旅和两个团，连同何家堡战斗、萌城和甜水堡战斗，歼俘敌军共15000余人，缴获大量武器弹药。

第二天，朱德在庆祝胜利大会上讲话："三大红军西北大会师，到山城堡战斗结束了长征，给追击的胡宗南部队以决定性的打击。长征以我们胜利敌人失败而告终。"

　　山城堡大捷，终止了国民党军队对陕甘宁苏区的攻势，宣告了蒋介石围追堵截、"剿灭红军于立足未稳"计划的彻底失败。从军事意义上看，此役是红军三大主力会师后取得的第一次重大军事胜利，是红军长征最后一战，也是结束第二次国内革命战争的最后一战。从政治意义上看，此役极大地推动了正在蓬勃发展的抗日救亡运动，对国内和平的实现起了促进作用，开创了中国革命的新局面。